Freerk Huisken
Jugendgewalt

Freerk Huisken ist Hochschullehrer an der Universität Bremen. Schwerpunkt: Politische Ökonomie des Ausbildungswesens, Erziehungswissenschaft. Arbeitsschwerpunkte: Kritik der Friedenserziehung und der Ausländerpädagogik, Vorurteilstheorie (Rassismus und Nationalismus), Schultheorie, Kritik der Politischen Ökonomie

Veröffentlichungen:

- Anstiftung zum Unfrieden, Berlin 1984
- Ausländerfeinde und Ausländerfreunde, Hamburg (VSA) 1987
- Die Wissenschaft von der Erziehung
  Einführung in die Grundlügen der Pädagogik, Kritik der Erziehung Teil 1, Hamburg (VSA) 1991
- Weder für die Schule noch fürs Leben
  Vom unbestreitbaren Nutzen unserer Lehranstalten, Kritik der Erziehung Teil 2, Hamburg (VSA) 1992
- Nichts als Nationalismus, Deutsche Lehren aus Rostock und Mölln. Ein antirassistisches Tagebuch, Hamburg (VSA) 1973

Freerk Huisken

Jugendgewalt

Der Kult des Selbstbewußtseins und seine unerwünschten Früchtchen

VSA-Verlag Hamburg

Druck: Druckerei Runge, Cloppenburg
ISBN 3-87975-663-5

Inhalt

Kapitel 1
Der Sachverhalt: Jugendgewalt – die Radikalisierung des gewöhnlichen Geltungsbedürfnisses

Einige Heranwachsende – für den Geschmack der bürgerlichen Öffentlichkeit viel zu viele – haben mit ihrem rohen Treiben erhebliche Aufmerksamkeit erregt. Sie fallen aus der Rolle, die für sie in der Schule, der Familie und in den Freizeiteinrichtungen vorgesehen ist. Sie sprengen den Rahmen von Anstand und Sitte und machen sich noch nicht einmal etwas daraus. Verfertigt man eine Liste der unter dem Titel »Jugendgewalt« zusammengefaßten und inkriminierten Sachverhalte, so ergibt sich folgendes Bild:

Schulkinder prügeln auf andere ohne erkennbaren Grund ein; sie beenden die Schlägerei selbst dann nicht, wenn Blut fließt; sie drücken den Kopf von Mitschülern in die Kloschüssel und spielen ›Vergewaltigung‹; sie zerstören mutwillig das Schulmobiliar, sie lieben ein Spiel namens ›Jacken zocken‹, erpressen ›Schutzgelder‹ für einen sicheren Heimweg, erklären Zonen des Schulhofs zu ihrem ›Revier‹ und terrorisieren mit ihrer Clique die Klassengemeinschaft; sie zielen mit Knallkörpern auf Mitschüler, ergehen sich in extremer ›Gossensprache‹, bringen Waffen wie Messer, Schlagringe, Ketten, Spraygas oder gar Totschläger mit in die Schule, geben damit an und setzen sie auch schon einmal ein; sie sind stolz darauf, zu den ›Crash kids‹ zu zählen, weigern sich, den Anordnungen des Lehrers Folge zu leisten, besuchen unregelmäßig die Schule, lachen über die verhängten Strafen und drohen dem Lehrer auch schon einmal Schläge an; sie renommieren mit Ladendiebstahl, Schmerzunempfindlichkeit und Beweisen körperlicher Überlegenheit; sie stehen auf Rambo und Terminator und finden den Teufel ›echt geil‹...[1]

So etwas ist heute in der Schule und um sie herum an der Tagesordnung. Daran kann kein Zweifel bestehen. Dennoch bestimmen derartige Vorfälle das Leben in der Schule nicht. Die Schule ist nach wie vor die Schule. Daran ändern auch alle publizierten und gesendeten Katastrophenszenarien nichts. An den genannten Roheiten beteiligen sich ältere, aber auch jüngere Schüler unterschiedlicher Herkunft und Staatsbürgerschaft. Keineswegs handelt es sich um eine Domäne von Jungen, auch wenn diese nicht zufällig bei der puren Gewaltausübung dominieren. Gänzlich schulspezifisch sind diese Formen von Verwahrlosung nicht. Sie lassen sich jedoch häufiger an Hauptschulen beobachten.

Eine Lawine von Fragen hat dieses Treiben losgetreten. Die einen fragen: *Was ist nur los an den Schulen? Hat die antiautoritäre Erziehung die guten Sitten verdorben?* Die anderen wollen wissen: *Wie mag es nur in den Familien zugehen? Lassen sich die Eltern auch von den Kindern auf der Nase herumtanzen?* Wieder andere rätseln: *Wie ist so etwas nur möglich? Was treibt diese nörgelnden, um sich schlagenden, stehlenden, randalierenden, renommierenden und sich im Obszön- und Fäkal-Code austobenden Kids? Fehlt es an Vorbildern bei den Erwachsenen? Treiben wir auf amerikanische Verhältnisse zu? Wo bleibt der Respekt vor den Grundwerten dieser Gesellschaft, der Unverletzlichkeit der Person, der Unantastbarkeit des Eigentums? Warum fehlt es an Gehorsam gegenüber staatlicher Autorität? Was soll aus dieser Jugend werden? Welche Motive haben diese Kinder? Warum schrekken sie nicht einmal vor Gewalt zurück? Woher rührt die Begeisterung für das Rohe, Brutale und Riskante? Was zeichnet die Opfer aus? Was haben sie den Schlägern getan? Was versprechen sie sich von ihrem Treiben? Wo lernt man denn so etwas? Was läßt sich nur gegen diese Aggressionen unternehmen?*[2]

Erkennbar enthält der aufgeführte Katalog harmlose und weniger harmlose Fragen. Einige formulieren nur das Interesse, sich den Sachverhalt zu erklären. Andere drücken demonstrativ pädagogische Hilflosigkeit aus. Und wieder andere geben in der Konstatierung des fehlenden Gehorsams vor anerkannten Institutionen und Werten bereits einen Betrachtungsmaßstab preis, über dessen Angemessenheit jedoch erst die Untersuchung der Sache selbst Aufschluß geben kann.

1. Überlegenheitsdemonstrationen...

Die Angelegenheit in ihrer typischen Form spielt sich auf dem Schulhof, in der Disko, im Freizeitheim oder am Badesee und nach immer gleichem Muster ab: Da »fühlt« sich so ein Heranwachsender von einem anderen, einem älteren oder jüngeren, in- oder ausländischen, gleich- oder andersgeschlechtlichen Menschen »provoziert«, »dumm angequatscht«, »blöd angeguckt«. Da paßt ihm am Gegenüber »die Nase« nicht, ist ein Auftreten angeblich »arrogant«, ein Outfit »ätzend« usw. Die verbale Anmache, die nicht selten den anderen völlig überrascht, weil er sich keiner Schuld bewußt ist, kann schnell und umstandslos in erste körperliche Aktionen, in Schubsen und Stoßen übergehen. Die Prügelei erscheint schon fast unumgänglich. Nimmt sie ihren Lauf, dann macht sie sich oft genug unabhängig davon, ob der auserkorene »Prügelknabe« sich nun wehrt, weil er sich »das nicht gefallen lassen will«, oder ob er zur Gegenwehr nicht fähig bzw. willens ist. Im zweiten Fall gilt er keineswegs als »Spielverderber«, denn es geht gar nicht um die klassische »Spaßkloppe«. Ob er davonkommt oder trotzdem angegriffen wird, hängt allein von seinem Gegenüber ab. Auch an der Härte der Auseinandersetzung zeigt sich, daß von einer spielerischen Balgerei nicht die Rede sein kann. So zeigt sich der Angreifer durchaus nicht immer beeindruckt, wenn er sein Opfer wehrlos gemacht hat. Folglich hängt auch die Beendigung der Schlägerei gar nicht von der Kapitulation des Opfers ab. Sie liegt vielmehr in dem von jeder Rücksichtnahme auf das ausgewählte Opfer gänzlich freien Urteil des Schlägers, der andere habe wohl »erst jetzt genug«, »jetzt schon die Hosen voll«, werde das nächste Mal »alle gemacht«, sei es gar nicht wert, daß man sich »an ihm die Fäuste schmutzig« mache usw.

Die häufig von wohlmeinenden Pädagogen gestellte Frage:

»Was hat das Opfer dem Schläger eigentlich getan?«

geht also erkennbar an der Sache vorbei. Denn das Opfer hat *nichts* getan. Es war einfach nur *da*! Nicht selten sind sich die Kombattanten nie zuvor begegnet. Den Angriffs-»Begründungen« ist zu entnehmen, daß der Angreifer Streit »gesucht« hat, für den der Angegriffene weder der Grund war noch den Anlaß gegeben hat. Daß gerade *er* in die Schußlinie geraten ist, verdankt sich dem Zufall. Nicht der Streit selbst, wohl aber, daß der Schläger gerade ihn zur Zielscheibe seines Streits gemacht hat, ist reiner Willkür geschuldet. Einmal in ihn verwickelt, d.h. einmal »ausgewählt«, kann sich der Angegriffene schwer entziehen. Weder mit seinen Beteuerungen, daß sein Blick nicht »provozierend« gemeint gewesen sei, daß er niemanden »anmachen« wollte, noch durch die Bereitschaft, das Feld zu räumen, hat er ein Mittel in der Hand, sein Gegenüber zu besänftigen. Denn er vermag dem angezettelten Streit auf diese Weise gar nicht seinen Inhalt zu nehmen. Nicht einmal durch Gleichgültigkeit kann er von sich aus die Eskalation verhindern. Weder von seinen Taten noch von seinen Unterlassungen hängt der weitere Verlauf der Auseinandersetzung ab. Nur wenn er selbst der körperlich Überlegene ist, kann er dem weiteren Verlauf seinen Stempel aufdrücken – aber um den Preis, daß er sich, wie von dem Angreifer gewünscht, auf die Keilerei einläßt. Indem er selbst feindselig auftritt, liefert er den vom Angreifer behaupteten Grund für den Angriff nach.

Eine um Schlichtung bemühte pädagogische Intervention, die einen lösbaren *Konflikt* herausdestillieren will, wird dadurch blamiert, daß die Täter oder gar beide Parteien keinen für den pädagogischen Sachverstand nachvollziehbaren Streitgegenstand benennen können. Dennoch geht der Schluß fehl, daß »Willkür und Sinnlosigkeit viele Gewalthandlungen der letzten Zeit kennzeichnen«.[3] Er lebt von einem Vergleich mit Gewalttätigkeiten, die zwar vom Pädagogen ebenfalls nicht gebilligt werden können, aber für ihn durchschaubar sind, da sie einen »Konfliktgegenstand« enthalten, der erzieherisch lösbar erscheint. Wie das vor sich geht, ist bekannt. Der Pädagoge verwandelt den Schulhof in ein Tribunal und wirft Schuldfragen auf. Dabei will er in der Regel nicht wissen, wer aus welchem Grunde angefangen hat, da er überzeugt ist, daß auch der Verlierer sein Quantum Mitschuld trägt, und weil er ohnehin eine »kooperative Konfliktlösung« bevorzugt. Je nach pädagogischer Schule und/oder Lebenserfahrung erblickt er dann die »Lösung« des Streits in einem »Rollenspiel« oder in einer gerechten Bestrafung beider Streithähne. Auf jeden Fall sollen sich die Beteiligten wieder »vertragen«.

All das klappt in dem exemplarisch aufgeführten Fall nicht. Denn dieser »Konflikt« unterscheidet sich von all jenen Auseinandersetzungen, die die bürgerliche Gesellschaft ansonsten so zahlreich und chronisch produziert und von denen auch die Schule nicht verschont bleibt, obwohl sie doch angeblich meilenweit von »dem wahren Leben« entfernt ist. Wenn sich zwei Parteien streiten, dann geht es in der Regel um etwas Drittes: um einen Lohn oder eine Miete, um Spielzeug oder um »Gespielen«, um eine Zuständigkeit oder um ein Verfügungsrecht, um Land oder Leute. Immer zielt die Austragung des Streits darauf ab, vom Kontrahenten die Zustimmung zum eigenen Anspruch auf den Streitgegenstand zu erhalten – unabhängig davon, ob dieser Streit als Wortstreit, als Konkurrenz, als Faustkampf oder als Familienfehde ausgetragen wird. Im bürgerlichen Leben wird so ein Streit nicht selten den zuständigen Regelungsinstanzen übergeben, die über Recht und Unrecht zu entscheiden haben. Manchmal tritt die eine Partei von ihrem Interesse am Streitgegenstand aber auch »freiwillig« zurück; etwa dann, wenn die andere die tatsächlichen oder metaphorischen Fäuste hebt, auf ihr Recht oder die Kosten des Verfahrens verweist. Ist der Konflikt beendet, dann muß die Miete gezahlt, das Eigentum zurückgegeben oder der Zaun um zwei Meter nach links versetzt werden. Bedient worden ist allenfalls derjenige, dessen Anliegen als Rechtens erkannt worden ist. Manchmal ist nicht nur der Verlierer, sondern auch der Sieger mit dem Urteil unzufrieden. Das darf nicht verwundern, denn die Lösung des Streits soll ihn *beenden*, soll den *Frieden* wiederherstellen, nicht aber private Interessen von Streitenden bedienen – schon gar nicht, wenn diese nicht mit den öffentlichen Anliegen zusammenfallen. Das Bedürfnis, ihn ursächlich zu ergründen, um ihn ein für allemal aus der Welt zu schaffen, liegt ohnehin nicht vor.

So geht es im normalen bürgerlichen Leben mit seinen Gegensätzen zu, die sich letztlich alle aus der Verteilung oder Umverteilung von gesellschaftlichen Gütern oder staatlich geschütztem privaten Eigentum ergeben. Der Jugendrandale dagegen liegt kein derartiger Gegensatz von Interessen zugrunde. Sie bezieht sich nicht auf einen Streitgegenstand, der getrennt von den Streitenden existiert. Ein solches Objekt gibt es hier nicht. Allenfalls ist es vorgeschoben. Zu registrieren ist vielmehr die Besonderheit, daß *Streit und Streitgegenstand, Mittel und Zweck in eins fallen*. Alle Versuche, den Angreifer zur »Vernunft« zu bewegen, ihn zur »Einsicht« oder zur Kundgabe eines sachlichen Begehrens aufzufordern, müssen scheitern, weil das gewaltsame Vorgehen gar nicht als das Mittel gedacht ist, ein davon *gesondertes* Anliegen durchzusetzen. *Die Prügelei ist selbst das ganze Anliegen. Es geht allein um die Bewährung in ihr. Vor sich selbst und vor anderen als der Überlegene dazustehen, dessen Besonderheit völlig in der – physischen – Dominanz und deren Achtung durch andere liegt, ist das einzige Motiv dieser Jugendlichen.*

Daß sie sich wieder »vertragen«, sprich: den von ihnen ohnehin nie unterzeichneten »Vertrag« über Einhaltung friedlicher Verkehrsformen in der Schule akzeptieren sollen, geht folglich gleichfalls an der Sache vorbei. Wie sollen sie sich »wieder gut sein«, wenn der Angegriffene ohnehin nichts Unfriedliches im Sinn gehabt hat und wenn der Angreifer gerade auf den »Vertragsbruch«, d.h. auf das »Nichtvertragen« scharf ist. Wer sich im Streit als der Überlegene bewähren will, der weist jede Schlichtung ebensoweit von sich wie das Ansinnen, sich in einen »Toberaum« zu verfügen oder nach fairen Regeln einen Wettlauf zu veranstalten.

Die Verrücktheit der jugendlichen Gewalttäter besteht gerade darin, daß sie die Prügelei dann anzetteln, wenn *sie wollen*, wenn sie »Bock drauf haben«. Sie machen sich dabei keineswegs von der Bereitschaft des ausgewählten Opfers, sich daran zu beteiligen, abhängig. Regeln, auf die sich die Kontrahenten ausgesprochen oder unausgesprochen geeinigt hätten, gibt es nicht. Kritik, die auf fehlende Fairness aufmerksam macht, geht ins Leere oder »fängt sich eine«. Fair kann es in dieser Auseinandersetzung nicht zugehen, weil sich gar kein gemeinsamer Wetteifer betätigt. Der Angreifer will gar nicht wissen, wer von beiden der Stärkere ist, sondern er beginnt den Streit, um als der Überlegene aus ihm hervorzugehen, als solcher anerkannt zu sein und um diese Geltung zu genießen.

Der Verlauf der Konfrontation ergibt sich ganz aus der Logik dieses Motivs und nicht aus Regeln, mit denen die Gewalt begrenzt oder – wie bei Sportveranstaltungen[4] – für eine Unterhaltung funktionalisiert werden soll. Das Ende ist gleichfalls vom Interesse bestimmt. Es hängt davon ab, ob der Initiator sich in seinem Bedürfnis bedient fühlt, ob es ihm reicht, wenn der andere bereits bei hochgezogenen Augenbrauen kuscht oder ob er das ihn erhebende Gefühl der physischen Überlegenheit über den anderen weiter auskosten möchte.

Folglich ist auch die Frage:

»Was hat der Schläger denn davon, was bringt ihm das?«

falsch gestellt. »Außer einem blauem Auge hast Du doch gar nichts gewonnen!«, lautet die klassische Formel, mit der auf die angebliche Sinnlosigkeit der Auseinandersetzung verwiesen werden soll. Doch versagen all jene Betrachtungsweisen hier ihren Dienst, die dem Streit deswegen keine Ratio abgewinnen können, weil er sich herkömmlichen Vorteils-Nachteils-Rechnungen entzieht. Wo gerade das blaue Auge als Trophäe des Siegers genossen wird, da läuft jede pädagogische Intervention ins Leere, die die Kontrahenten mit dem Argument, daß sich Prügel noch nie gelohnt hätten, zur friedlichen Beilegung ihrer Kontroverse überreden möchte. Die Frage nach dem zähl- und greifbaren Nutzen eines Sieges geht an dieser Sache vorbei.

Die prügelnden Jugendlichen betätigen sich dabei nicht einmal als »Egoisten, denen es nur um den eigenen Vorteil zu tun ist«, wie es bei Pädagogen heißt, die keine Gelegenheit auslassen, der Jugend den Verzicht auf ihr privates Interesse als das Ideal von Harmonie zu preisen. Ein erkennbarer Vorteil stellt sich hier wirklich nicht ein. Von einem materiell kalkulierenden Egoismus ist keine Spur zu entdecken. Im Gegenteil: Nach der Prügelei hagelt es Strafen, nicht selten Anzeigen oder gar die Einweisung ins Heim. Und manchem Jugendlichen ist bewußt, daß er sich »das Leben versaut«, wenn er so weitermacht. Diese jugendlichen Schläger erwarten auch gar nicht erst, daß ihnen nach dem Prinzip, der erfolgreich verfolgte Zweck heilige die Mittel, vergeben wird. Sie wissen, daß ihre Anliegen wenig heilig sind. Weder für das Fortkommen in der Schule noch für die Berufskarriere taugt das Prügeln. Weder wird man damit reich noch zu einem gesellschaftlich anerkannten Idol. Nicht einmal Urkunden oder Ritterkreuze gibt es für diese Sorte Gewaltausübung. Statt dessen stellen sich mit Sicherheit immer Nachteile ein, die nicht selten lebensbestimmende Auswirkungen zeitigen. Verwundern darf das nicht, denn immerhin mißachten diese »Halbstarken« in ihrem Treiben alle gültigen Maßstäbe für Erfolg und Mißerfolg.

Psychologen und Pädagogen entdecken deswegen regelmäßig ein Mißverhältnis zwischen Zweck und Mittel. Da sie den mit unkonventionellen Mitteln betriebenen Auseinandersetzungen keine ihnen geläufigen Zwecke entnehmen können, leugnen sie jeden Zusammenhang und dichten dem Streit prompt einen tieferen Sinn an. Und wenn Kids in Interviews selbst angeben, daß sie »ein Gefühl von Stärke auskosten und physische Überlegenheit demonstrieren wollen«, dann erscheint ihnen das so »sinnlos« und barbarisch zu sein, so gegen jede zivilisierte Regung zu sprechen, daß hier nur verborgene Schichten der menschlichen Seele zum Ausdruck kommen können. Wo tatsächlich und ausnahmsweise die mit Gewalt vollstreckte Durchsetzung selbst zum *Zweck* wird, wo diese Jugendlichen gleichzeitig alle bürgerlichen Formen des »erlaubten Erfolges« negieren, alle »Maßstäbe des erfolgreichen Anstandes«[5] praktisch dementieren, da ist es für sie ausgeschlossen, daß sich hier Kinder bei vollem Bewußtsein um ihre Anliegen betätigen. Ihnen scheinen alberne, weil kontrafaktische Deutungen, denen zufolge die Prügel, die der Schläger austeilt, einen »Hilfeschrei« darstellen, viel plausibler.[6]

Was sich die Heranwachsenden mit ihrem Tun einhandeln, ist ihnen keineswegs unbekannt. Mit »fehlendem Unrechtsbewußtsein«[7] hat es nicht zu tun, wenn sie mit Achselzucken auf Vorhaltungen und den Hinweis auf die Folgen reagieren. Sie haben sich gegen den gültigen Anstand entschieden. Und sie haben *ihre* falschen *Gründe* für ihr Tun. Erreichen wollen sie auch etwas – nur eben nichts, was in dieser Form und in diesem Alter gesellschaftlich akzeptiert ist, nichts, was sich gehört, und nichts, was nach hierzulande gültiger Auffassung zu »sinnvoller« Gewalt zu rechnen ist, also das gebrochene Nasenbein und den Einsatz des Klappmessers.

2. ...und ihr besonderer Radikalismus

Über die Motive, die Jugendliche bei ihrem inkriminierten Treiben verfolgen, kann also kein Zweifel bestehen. Zu selbstbewußt und willentlich inszenieren sie ihre *Überlegenheitsdemonstrationen*, zu deutlich tragen sie ihren Wunsch nach *unbedingter Geltung* vor. Das hat die erste Bestandsaufnahme ergeben.

Es handelt sich um Motive, welche den Jugendforschern, die von ihnen partout nichts wissen wollen, für sich genommen durchaus geläufig sind. Sie gelten ihnen sogar als unverzichtbarer Teil des Repertoires an Behauptungsstrategien in dieser Welt. Selbst in jedem modernen Katalog von Lernzielen sind sie nachzulesen. Erziehung zu einem »gesunden Selbstbewußtsein« gehört zur Heranbildung »mündiger Bürger«. Und es wird sogar lobend vermerkt, wenn Schüler dieses Rezept schulkonform beherzigen: etwa wenn sie, um Klassenerste zu werden, den Lehrer mit der Demonstration des Willens zur Leistung zu beeindrucken versuchen, wenn sie sich in einem pädagogisch angeleiteten Selbstwert-Training dreimal täglich »Ich kann, ich kann, ich kann!« vorsprechen oder wenn sie sich um Ansehen in der Klasse durch die Übernahme von verantwortungsvollen Ämtern bemühen.

Dennoch wird die Sache, die so gesehen erst einmal gar kein Rätsel ist, gnadenlos verrätselt: Wie ist es nur möglich..., wie können die nur ..., was ist denn nur mit der Jugend passiert...?, beginnen Fragen, die Zeugnis davon ablegen, daß nur die Roheit des Treibens der Heranwachsenden zur Kenntnis genommen wird. Die Wissenschaftler erkennen ein ihnen geläufiges Motiv dann nicht wieder, wenn Kinder es in Formen verfolgen, die der durchgesetzten Moral widersprechen, wenn es in einer Weise vertreten wird, die im Katalog der gebilligten Anliegen nicht vorkommt, kurz: wenn sich Kinder dabei Freiheiten herausnehmen, die keine Relativierung durch fremdes Interesse oder anerkannte Moral dulden. Es sind die »altersuntypischen« Verstöße gegen Moral und Recht, gegen Sitte und Gebote, die den Erwachsenen so schwer auf den Magen schlagen, daß sie jede Ähnlichkeit mit lebenden Personen und deren Methoden, sich die Welt zurechtzulegen, zurückweisen.

Wenn Kinder einander mit Waffen bedrohen oder Schulmobiliar zertrümmern, wenn sie im vollen Bewußtsein, daß sie sich eines Verstoßes gegen Anstand und Ordnung schuldig machen, über andere herfallen und an ihnen die Wirksamkeit ihres Schlagringes ausprobieren, dann betätigen sie das jedermann geläufige Bedürfnis nach Selbstwertbeweisen in *radikalisierter Form*. Es geht ihnen dieses Anliegen offenbar über alles, d.h. auch über die Beachtung der Regeln von Schule, Familie und Freizeit.

Ihr Radikalismus bricht in vierfacher Weise mit allen erlaubten Touren, sich die gewünschte Anerkennung zu verschaffen.

Erstens: Sie stellen ihre Anerkennung her, statt sie einzuwerben. Ihr Treiben legt Zeugnis davon ab, daß es ihnen nicht mehr genügt, um Anerkennung permanent zu buhlen, sich darin also von anderen abhängig zu machen und in der Regel dann mehr Enttäuschungen als eine Befriedigung dieses Bedürfnisses zu erfahren. Sie haben beschlossen, statt um Anerkennung zu *werben*, sich die Geltung ihrer Person selbst zu *verschaffen*. Dabei scheren sie sich nicht um die in der Gesellschaft gültigen Anforderungen, nach denen alle, auch sie, verglichen werden, sondern veranstalten nach ihren ganz eigenen Maßstäben einen Kampf um ihre Überlegenheit, *bei dem sie als Sieger von vornherein feststehen.* Sie fordern ihresgleichen nicht zum sportlichen Wettkampf heraus – sie könnten ja verlieren; versuchen nicht, durch bessere Schulleistungen Anerkennung zu erzielen – wer weiß, ob der Lehrer das honoriert; und sind auch ziemlich weit davon entfernt, den Mitschülern durch eine pompöse Geburtstagsparty zu imponieren – sofern denn das Haushaltsgeld der Eltern so etwas überhaupt zuließe. Vielmehr greifen sie sich Prügelknaben, »zocken« bei Schulkameraden unter Androhung von Gewalt Taschengeld ab, und zeigen, daß sie sich überhaupt nicht scheuen, fremdes Eigentum, wie das Pissoir der Schule, zu zerstören. All dies demonstrieren sie sich selbst und anderen, wo und wann es ihnen beliebt.

Das mag zunächst noch in Formen verlaufen, die heute als »harmlos« eingestuft werden: Wenn sich etwa der Schüler die Haare grün färbt, das durchlöcherte Gesicht mit Ringen vollhängt und sich so auf die Straße oder in die Schule wagt, dann liegt hier ein eindeutiger Fall von Selbstdarstellung vor. Der Schüler leidet nicht einfach nur an einer Geschmacksverirrung, sondern will auf einen Unterschied zwischen sich und dem Rest der Welt aufmerksam machen. Der besteht darin, daß er sich traut, eine Abweichung vom durchgesetzten Geschmack öffentlich zu machen. Seine Botschaft lautet: »Wenn ich mich im Outfit vom Rest der Welt unterscheide, wenn ich demonstriere, daß ich seine Kleiderordnung verachte, dann bin ich schon etwas Besonderes!« Dabei gilt ihm gerade die Ablehnung seines Aufzugs durch die »Spießer« als Beleg dafür, daß er gewürdigt wird. Entfällt die jedoch, dann ist es mit dem Genuß der Rolle als »Bürgerschreck« nicht mehr weit her. Wenn nämlich sein Outfit oder irgendeine andere Exklusivität zur Mode wird, nivelliert sich die Auffälligkeit zur Uniformität und wird als »Kultur« einsortiert. Und wenn sich dann niemand mehr nach der pinkfarbenen Irokesin mit den zerschnittenen Jeans umdreht, dann ist auch der Versuch gescheitert, sich als besondere Persönlichkeit in Szene zu setzen. Es erweist sich dann in dieser Sphäre, in der das Prinzip des Leistungsvergleichs nichts zählt und in der sich das Individuum ohnehin ziemlich frei austoben darf, die *Abhängigkeit* vom (Geschmacks-)Urteil der Mitmenschen als die Schranke für den Versuch, dem Selbstbewußtsein eine neue Dröhnung zu verpassen. Ob die Anerkennung, auf die die Kids scharf sind, sich einstellt oder nicht, hängt in solchen Fällen trotz aller Anstrengungen, aus der Rolle zu fallen, eben immer noch von der Bereitschaft der Umwelt ab, sie auch auszusprechen oder sie negativ durch angeekelte Abwendung auszudrücken.

Wenn sie sich dagegen den Mitschüler vornehmen, ihm und an ihm demonstrieren, daß er ihnen weit unterlegen ist, dann wird die Anerkennung durch andere *erzwungen*. Das objektive Resultat der Tat hat den Beweis der eigenen Überlegenheit erbracht. Da mag der Unterlegene sagen und tun, was er will. Mit Geschmacksfragen hat das nichts zu tun.

Zweitens: Sie legen es darauf an,
sich getrennt von der eingerichteten Konkurrenz
als Sieger zu behaupten.

Diese Halbwüchsigen haben nicht viel übrig für jene Sphären der vergleichenden Bewährung, die hierzulande als Konkurrenz in Arbeitsmarkt, Arbeitswelt, Schule oder Politik eingerichtet sind. Diese Angebote zum Dauervergleich, denen niemand entgeht, der auf den erlaubten Wegen etwas werden will, entsprechen nicht ihren Vorstellungen, weil der von ihnen gewünschte Erfolg dort gar nicht in ihrer Hand liegt. Sie kultivieren ihre eigenen Vergleiche *getrennt* von den gesellschaftlich eingerichteten »Märkten der Eitelkeit« und haben sich Instrumente dafür zugelegt, die weder im Schulunterricht mit seiner Lernkonkurrenz noch im Sportverein und schon gar nicht auf dem Arbeitsmarkt erlaubt sind. Sie versuchen auf dem Schulhof, auf der Straße, im Freizeitheim oder gelegentlich sogar in der Schulklasse, sich nach ihren Regeln eine eigene Welt zu schaffen.

Dabei ignorieren sie, daß der Schulhof und die Pausen nicht dazu eingerichtet sind, die Gleichgültigkeit gegenüber Schulregeln zu demonstrieren, daß in der Freizeit die Befriedigung eines jeden Bedürfnisses über die eigene Zahlungskraft und nicht über Geschick und Kaltblütigkeit beim Ladendiebstahl vermittelt ist, und daß sich schließlich das Jugendzentrum als Betreuungseinrichtung versteht, welche die Jugendlichen von der Straße holen soll, ihnen aber keineswegs das Angebot unterbreitet, die »Regeln der Straße« auf das Jugendzentrum zu übertragen.

Zwar bleiben die Heranwachsenden selbstverständlich weiter eingebunden in die schulische Konkurrenz oder in den Wettlauf um eine Lehrstelle. Doch betrachten sie die von ihnen gewählten Formen der vergleichenden Bewährung als die für sie entscheidenden, denen gegenüber sie die Ansprüche von Schule, Familie oder Lehre glauben vernachlässigen zu können.

Drittens: Sie imitieren nicht die Konkurrenz, sondern praktizieren das Konkurrenzprinzip abstrakt.

Unschwer läßt diese Radikalisierung erkennen, daß hier eine durchaus nicht unbedeutende Ebene von Konkurrenz praktisch unterschlagen wird. Dem Umstand, daß aus ihr zwangsläufig *auch* Sieger hervorgehen, entnehmen Jugendliche mit einem überintakten Selbstbewußtsein, daß solche Vergleiche ausschließlich dazu da sind, *ihnen* zu Sieg, Ruhm und Ansehen zu verhelfen. Diese Umdeutung der Konkurrenzresultate gibt das Maß ab für die Beurteilung jeder Einlassung auf die Spielregeln, die ihnen von den Erwachsenen vorgegeben werden: Die Vergleichskämpfe werden nur veranstaltet, damit sie ihnen die Belege ihrer eigenen Vortrefflichkeit und Überlegenheit entnehmen können. Diese, davon sind sie überzeugt, kommen ihnen zu! Niederlagen sind für andere da. Und längst steht für einen solchen Renommierer fest, daß er ein »toller Hecht« ist. Wo sich dieses Urteil nicht bestätigt, hat die Welt der Erwachsenen versagt, so daß ihm nichts anderes übrig bleibt, als sich in einer eigenen Welt diese Siege zu sichern.

Damit trennen sie das Prinzip der Durchsetzung, nach welchem die gesellschaftlichen Vergleichssphären funktionieren, von ihrem Zweck, der Verteilung der Erfolglosen und Erfolgreichen auf Schul-, Arbeits- oder Parlamentsplätze. Sie lösen es von jedem Inhalt, der Schul-, Arbeits- oder Wahlwerbungsleistung, nehmen es selbst in die Hand und betreiben *Durchsetzung als ganz eigenes Anliegen.* Sie kennen Mittel und Wege, den Vergleich um Ansehen und Geltung ihrer Person auf jeden Fall und rücksichtslos zu ihren Gunsten zu entscheiden, was den Bruch mit den gültigen Maßstäben von Anstand und Erfolg einschließt. Die Absicht, unbedingt Sieger zu sein und als überlegene Person anerkannt zu werden, hat keinen anderen Inhalt als eben diesen. Diese Jugendlichen wollen ganz *abstrakt* die Überlegenen sein. Wo der Vergleich in der bürgerlichen Konkurrenz die Entscheidung über die Versetzung, einen Arbeitsplatz oder den Geschäftserfolg bringt, da kehrt sich bei ihnen alles um: Die Vergleichsinhalte – die Kleidung, die Gossensprache, die Körperkraft, die Waffen etc. – taugen nur soviel, wie sie das Ziel, im Vergleich den eigenen Sieg sicherzustellen, auch garantieren. Ihre *Maßstäbe* heißen also schlicht »Sieg«, »Überlegenheit«, »Macht« über andere – ohne ein davon getrenntes »wofür« und »in welcher Hinsicht«.

Mit einer Kritik der gesellschaftlich eingerichteten Konkurrenz ist diese Praxis deswegen auch nicht zu verwechseln. Die Jugendlichen bilanzieren nicht, wie weit ihre materiellen Wünsche auf der Strecke bleiben, wer oder was ihre Lebensperspektive konterkariert und was sich daran noch korrigieren läßt.[8] Eher schon halten sie fest, daß die Schule ihrer Besonderheit und ihren Ansprüchen nicht gerecht werden kann, ihnen folglich auch nichts zu bieten hat, daß sie vielmehr ein Angriff auf all das darstellt, was ihnen eigentlich zusteht. Ihre Ablehnung der Regeln von Schule und Freizeit stellt also nicht nur die *Trennung* von den konkurrenzbestimmten bürgerlichen Verkehrsformen dar, sondern tritt einfach dadurch in einen *Gegensatz* zu ihnen, daß sie sich mit der Errichtung ihrer eigenen Welt den gültigen Vergleichsmaßstäben und den Autoritäten, die über den Ausgang des Vergleichs zu befinden haben, entziehen.

Viertens: Die Durchsetzung als (Selbst-)Zweck schließt Gewalt ein. Wer seinem Anliegen eine Erzwingungsform gibt, wer sich vor dem Beginn jeder Selbstdarstellung bereits als der Überlegene gekürt hat, der wird nicht davor zurückschrecken, diese Überlegenheit mit entsprechenden Mitteln sicherzustellen. Kein Wunder, daß dann nicht selten »Natur pur«, also rohe Körperkraft, potenziert durch Messer, Schlagring oder ähnliches, für die Unterwerfung sorgt. Wer dem Prinzip huldigt, daß man Sieger nur wird, wenn man selbst *Verlierer produziert*, der greift mit erschreckender Selbstverständlichkeit zu körperlicher Gewalt. Ihr – erfolgreicher – Einsatz stellt die eigene Überlegenheit tatsächlich her, da dem Unterlegenen jede störende Willensäußerung ausgetrieben wird. Das ist das ganze Geheimnis der angeblichen »Gewaltbereitschaft« von Kindern und Jugendlichen.[9]

Die technische Verselbständigung dieser brutalen Touren hat darin ebenfalls ihre Ursache. Der Erfindungsreichtum im Quälen gilt für sich als zusätzliche Großtat. Er macht sich an Techniken und Hilfsmitteln fest, für die nicht nur Film und Fernsehen die Anregungen liefern. Daß Rambo bei diesen Kindern etwas gilt, der einsame Killer, der von einer ungerechten Welt bedrängt wird, sich aber durch überlegene Körperkraft und technische Finessen gegen eine Übermacht von Polizei und Militär zur Wehr zu setzen vermag, kann nicht verwundern.

Genauso wenig darf das »coole« Verhalten erstaunen. Wenn sich die Kids in der Schule Ratten über die Glieder krabbeln lassen und dabei keine Regung zeigen, dann fühlen sie sich gerade dadurch als etwas Besonderes, daß sie sich weder durch das Viehzeug, noch durch kreischende Mädchen oder die angeekelte Lehrerin beeindrucken lassen. Als Zeichen seiner Stärke wertet es so ein Halbwüchsiger, wenn er zeigen kann, daß er sich durch die Welt um ihn herum zu keiner unkontrollierten Regung seiner Gefühle provozieren läßt. Er wähnt sich über den Gefühlen und gefühlsbetonten Urteilen der Umwelt stehend. Eröffnet ist damit ein Wettstreit unter seinesgleichen: Wer ist der »Coolste« im ganzen Land?, heißt das Spiel. Als Bewährungsmaterial werden abgebildete oder provozierte Extremsituationen besonders aus dem Bereich des menschlichen Leids geschätzt. Demonstrative Abgebrühtheit gilt unter diesen »Monstern« als Tugend.[10] Mit ihr läßt sich ein doppelter Beweis ihrer Überlegenheit liefern: Wo die *aktive Unterwerfung* eines Gleichaltrigen ordentlich roh vonstatten geht, da läßt sich zugleich vorzeigen, daß man sich selbst durch Geschrei des Opfers nicht beeindrucken läßt, also über der weichen Gefühlsduselei der Angegriffenen oder der Umwelt steht.[11]

Drei Fälle

Das neueste Nike-Modell

Wer stets mit dem neuesten Nike-Basketballschuh in die Schule trabt, auch wenn er gar keinen Sportunterricht hat und Basketball weder spielen kann noch es erlernen will, der hat mit Sicherheit kein neues (Turn-)Schuhwerk gebraucht. Auch ist davon auszugehen, daß er dieses Schuhmodell nicht nach praktischen oder Geschmackskriterien ausgewählt hat. Er wird die Eltern so lange mit der Bitte um diese bestimmte Neuanschaffung genervt, vielleicht sogar dem Verschleiß der letzten Turnschuhe nachgeholfen haben, bis diesen nichts anderes übrig zu bleiben schien, als das Geld herauszurücken. Das Objekt der Begierde ist nichts als ein Renommierstück. Auf diese Turnschuhe hat es der Schüler nicht abgesehen, weil er in ihnen bequem laufen kann, sie von guter Qualität sind, also einen dauerhaften Gebrauchswert haben und obendrein ein »Preisknüller« waren, sondern weil er weiß, daß er mit ihnen bei Mitschülern Eindruck schinden kann. Woran sich diese Qualität des Turnschuhs festmacht – ob es die Marke oder das aufgedruckte Signum der US-amerikanischen Basketballiga ist, ob es sich um das neuste Modell handelt oder ob es all dies zusammen ist –, spielt keine Rolle. Wichtig ist allein das alberne Urteil des Trägers, daß mit dieser Fußbekleidung sein Ansehen in den Augen der Schüler steigt. Und so begibt er sich in die Schule, überzeugt davon, daß der Wert seiner kleinen Person an einem Fetzen buntem Leinen und etwas Gummi hängt.

Trifft er in der Schule nun auf Mitschüler, die diesen Wunsch nach Anerkennung bereits radikalisiert haben, dann kann es passieren, daß nicht nur seine Freude an den Tretern von kurzer Dauer ist, sondern er obendrein den Heimweg mit einigen blauen Flecken antreten muß. Denn diese Früchtchen unterscheiden sich von ihm und auch von jenen Klassen-»Kameraden«, die mit – gänzlich geheuchelter, da aus Neid gespeister – Bewunderung die Nikes beglotzen und begrabbeln. Sofern die rabiateren Jugendlichen nämlich mit dem Standpunkt ernst machen, daß diese Anerkennung nur ihnen zusteht, können die nagelneuen Schuhe entweder schnell ihren Glanz verlieren oder gleich auf höchst unfreiwillige Weise den Besitzer wechseln. Die Fälle, in denen »mutwillig« – wie die Pädagogen hinzufügen, die sich dies als Inhalt eines Willens nicht vorstellen können – neue Kleidung von anderen Jugendlichen verdreckt, beschädigt oder gleich mit Gewalt entwendet wird, leben von dem Beschluß der Kids, sich eine von ihnen eingerichtete Hierarchie nicht durcheinander bringen zu lassen. »Gewalt gegen Sachen« nehmen sie dabei ebenso in Kauf wie »Gewalt gegen Personen«. In diesem Akt leidet dann nicht nur der neue Turnschuh, sondern auch das Bemühen seines Trägers, sich selbst einmal in der Bewunderung der Mitschüler zu sonnen. Der Schuh – oder was auch immer der Gegenstand der Begierde sein mag – ist dann nicht nur stofflich, sondern für ihn auch moralisch verschlissen. Da der Angriff auf die Sache und auf das Geltungsbedürfnis des Schülers zugleich mit der Drohung verbunden ist, jeden Versuch, den Vorfall zur Anzeige zu bringen, als unmittelbaren Anschlag auf den »Siegertypen« zu werten, nehmen Schüler nicht selten die Sachbeschädigung auf die eigene Kappe und deklarieren den »Eigentumsübertrag« nachträglich zur Schenkung. Die Bewunderung der übrigen Schüler hat inzwischen längst ein neues Objekt. Denn wo der Neid die Anerkennung stiftet, da ist entweder der Wunsch am Werk, selbst über dieses Prachtexemplar von Schuh zu verfügen, oder die Hoffnung, der beneidete Mitschüler möge nicht lange Freude an den Schuhen haben. Ist letztere in Erfüllung gegangen, verwandelt sich die Bewunderung prompt in Häme, die von einer ängstlichen Parteinahme für die Schlägertypen lebt.

In diesem Fall sind gleich drei unterschiedliche Verkörperungen desselben Anerkennungswahns versammelt: Der geduldete bzw. erwünschte Typ, der sich dadurch auszeichnet, daß er über den Wunsch nach angemessener Selbstdarstellung verfügt, sich dabei dem Urteil der Umwelt unterwirft und für deren Inszenierung auch nur erlaubte Mittel einsetzt; der inkriminierte Typ, der wegen seiner Bereitschaft, dem Bedürfnis nach Anerkennung mit Gewalt und sonstigem Rechtsbruch Geltung zu verschaffen, in die Schußlinie der öffentlichen Ordnung gerät; und schließlich der Typ des gelegentlich verachteten Zuschauers, der das Anerkennungsbedürfnis teilt und sich auf dieser Grundlage kommentierend im Hintergrund hält.

Vandalismus

Es sind nicht nur Hausmeister, sondern auch Pädagogen mit und ohne Hausmeisterstandpunkt, die den Vandalismus von Schülern und anderen Jugendlichen in die Schublade »Jugendgewalt« einsortieren. Damit kommen sie der Sache näher als jene Theoretiker, die in jeder Form von Schulvandalismus Zeichen für eine schulkritische Schülerbewegung erblicken.[12] Es ist nämlich schlechterdings unerfindlich, welche Art von Kritik an der Schule, ihren Zielen und Methoden, ihrer Organisation und ihren Inhalten ein aus seiner Verankerung gerissenes Pissoir darstellen soll. Die Demolierung der Einrichtung ist weder ein Ersatz für die Kritik der Notengebung oder der Lehrplanideologien, noch provoziert sie eine solche Schulkritik. Wer »unschuldige« Waschbekken von der Wand reißt und den Chemieraum verwüstet, der mag zwar Schüler auf seiner Seite haben, für die drei Stunden Chemie ausfallen – die dann später nachgeholt werden müssen! –, doch mehr als die Freude über den unerwarteten Stundenausfall stellt sich auch nicht ein.

Allerdings wird sofort die Frage gewälzt: »Wer war das?« Und diese Frage, einschließlich der klammheimlichen Mutmaßungen über die Täter, ist ziemlich wichtig. Nicht nur für die Kripo, für die das ein Fall ist, sondern für die Täter und ihr Publikum. Sofern es sich bei der Sachbeschädigung um den Racheakt eines Schülers handelt, mag dieser ganz ohne Publikum sein Seelenheil wiedergewonnen haben: Er hat sich immerhin Genugtuung verschafft, indem er umgekehrt der Schule einen Schaden zufügte. Für ihn ist der Fall damit erledigt. Wo jedoch Jugendliche am Werk sind, die beweisen wollen, was sie sich trauen, die ihre Gleichgültigkeit gegenüber Anstand und Recht demonstrieren wollen, braucht die Tat schon eher ein Publikum, das auch dem Täter Beifall zollen kann. Nur sich selbst zu beweisen, zu welchen unerlaubten Taten man willens und fähig ist, erhebt zwar auch. Das sichtbare, in der Zeitung abgelichtete, zum Schul- und Stadtgespräch avancierte Zerstörungswerk liefert genug Beweismaterial für den Befund, daß man doch ein »echt cooler Typ« ist. Doch um den Höhepunkt der demonstrativen Gleichgültigkeit gegenüber gültigen Regeln zu erklimmen, muß der Täter sich offenbaren bzw. zumindest unter der Hand und klammheimlich als in Frage kommender Täter gehandelt werden. Der gewollte Übergang von der Werbung um Anerkennung zur Provokation einer Situation, in der sich der Jugendliche diese Anerkennung selbst verschafft, schließt in diesem Fall – denn selbst bei unerbittlichster »Gewalt gegen eine Sache« ist dem Waschbecken nun einmal keine Unterwerfungsgeste zu entlocken – die bewußte Gleichgültigkeit gegenüber den strafrechtlichen Folgen dieser »kriminellen Handlung« mit ein. Mutprobe nennt sich dieses Treiben gelegentlich. Die Ausrede mit dem »Blackout« läßt sich der jugendliche Demolierer nicht einfallen, weil für ihn die Notwendigkeit einer Ausrede nicht existiert. Wenn er seine privaten Ehrfragen austrägt, dann duldet er keine Niederlage. Eine Ausrede wäre für ihn bereits gleichbedeutend damit.

Gleiches gilt im Reich der Erwachsenen nur in einem Fall: dann nämlich, wenn der Staat seinen Bürgern Fragen der Nation als Fragen ihrer Ehre suggeriert und dabei keinen Widerspruch duldet.

Schutzgeld

Neuerdings wird immer wieder über Fälle von »Schutzgelderpressung« unter Schülern berichtet. Schüler drohen anderen für den Heimweg oder den Pausenhof Schläge an, denen sie nur entgehen können, wenn sie bereit sind, »Schutzgeld« zu zahlen. Nicht selten rücken eingeschüchterte Schüler ihr Taschengeld heraus und haben dann fürs erste »freien Weg«. Die jugendlichen Erpresser imitieren hier die private Besteuerungsmethode der Mafia oder ähnlicher Vereine. Allerdings verfolgen sie nicht deren Anliegen: Sie nehmen die unter Gewaltandrohung oder -einsatz abgepreßten Gelder gar nicht als dauerhaft fließende Revenue, auf deren Grundlage eine geschäftsähnliche Organisation gegründet und als Einkommensquelle erhalten werden soll. Bei den Kids ist das »Geschäftliche« an der Erpressung Nebensache. Die geringen Geldsummen werden sofort in Süßigkeiten, Zigaretten, Kondome zum Angeben und/oder Spirituosen umgesetzt. Die Hauptsache ist die Ausübung und der Genuß von Macht über andere. Jeder weitere Inhalt kürzt sich mehr oder weniger heraus. Was die Kids an der Mafia-Methode beeindruckt, ist denn auch allein der Umstand, daß die Mafia-Opfer vor den Schutzgeldkassierern in der Regel umstandslos kuschen. Wenn andere uns zu Willen sind – so lautet die durchaus inadäquate Übersetzung dieser mafiösen Steuereintreibung –, dann sind wir die »Kings«. Das ist dann das erstrebte Ziel, damit sind sie zufrieden. Weder wollen sie mit dem Status etwas erreichen, noch aus dem abgepreßten Geld etwas Machtvolles aufbauen. Weder sind sie als offizielle Mafia-Geldeintreiber lizenziert, noch steht eine Organisation hinter ihnen, die ihre Methoden absichert. Und im Gegensatz zur Mafia haben sie keine Konkurrenz zu irgendeiner Abteilung der Staatsgewalt im Sinn, sondern scheren sich schlicht nicht darum, daß sie sich selbst mit diesen kindischen Mafia-Imitaten strafbar machen.

3. »Wo lernt man das denn?«

So fragt der Spiegel mit einer fetten Balkenüberschrift und läßt Theoretiker zu Wort kommen, die eine Ergründung der *Ursachen* von Jugendgewalt versprechen.[13] Allerdings ist dem Gestus der Fassungslosigkeit, mit dem diese Frage nicht selten daherkommt, zu entnehmen, daß ihr weniger das Interesse an einer Erkenntnis, als vielmehr der Wunsch nach einem veritablen Dementi zugrunde liegt: »Von *uns* können sie so etwas nun wirklich nicht haben!«, lautet es und will verkünden, daß ein solches Treiben zum hiesigen Gemeinwesen ganz und gar nicht paßt, weshalb die Kinder es in ihm auch nicht gelernt haben können.

Nun gibt es kritische Geister, die drehen diesen Spieß um. Sie stellen dieselbe Frage, formulieren sie ebenfalls rhetorisch, wollen aber mit (selbst)-kritischem Vorwurfsgestus das Gegenteil behaupten: Natürlich ahmen diese Kids »unsere Welt« nach! Natürlich lernen sie von »uns«! Die Kinder, stellen sie fest, *»erfahren in den von den Erwachsenen produzierten Medien, daß Konflikte am besten mit Gewalt zu lösen sind. Am Bildschirm erleben sie auch Kriege, blutige Auseinandersetzungen und Zerstörungen. Ist es da verwunderlich, daß Gewalt ›Schule‹ macht und immer mehr um sich greift?«*[14] Es fehlt nur noch, daß Hurrelmann und Co. hinzufügen, wie man nur so dumm fragen könne!

Neben der »Gewalt in den Medien« wird von ihnen in der Regel als zweiter ursächlicher Jugendverderber die »Ellenbogengesellschaft« aufgeführt.[15] Beide Theorien sind zu prüfen:

Erster falscher Befund: Gewalt in den Medien

Das Urteil der Medientheoretiker lautet: Der Nachwuchs sieht zu oft und zu lange fern. Dabei wird er Augen- und Ohrenzeuge von viel TV-Gewalt. Diese wird von ihm *nachgeahmt*, was dann zwangsläufig zu den bekannten Häßlichkeiten führt.

Um plausible Belege ist diese Theorie nicht verlegen: Es trifft zu, daß Kinder viele Stunden vor dem Fernseher verbringen. Immerhin stellt er das effektivste Gerät zu ihrer Ruhigstellung dar. Kinder werden auf diese Weise Zeugen von viel Mord und Totschlag. Richtig ist überdies, daß Rambo und Terminator bei diesen Kids äußerst beliebt sind. Außerdem wird von den beiden zehnjährigen englischen Knaben, die eine Zweijährige umgebracht haben, berichtet, daß sie zu ihrer Tat durch einen bekannten Video-Clip inspiriert worden seien.[16]

Und doch belegen diese Phänomene die aufgestellten Behauptungen nicht. Die Theorie vom Imitationslernen will nämlich nicht nur die unbestreitbare Botschaft verkünden, daß Menschen sich vom Fernsehen zu allerhand Fug und Unfug anregen lassen. Sie verkündet vielmehr einen *Automatismus der*

Imitation. Die Unterscheidung zwischen Tat*gründen* und *Anregungen* zur Tat*ausführung* scheint ihr fremd zu sein. Gewaltdarstellungen sollen nicht nur zu einer bestimmten Tatausführung anregen, sondern zugleich die Gründe für die Ausübung von Gewalttaten liefern. Dabei liegt es auf der Hand, daß der Mensch, der sich vom Fernsehen zur Anschaffung eines Schlagrings oder zur Imitation asiatischer Kampftechniken inspirieren läßt, wissen muß, was er mit beidem anfangen will. Angesichts der Psychologisierung der Debatte – in diesem Fall durch die behavioristische Lern- bzw. Konditionierungstheorie – kann man eine Binsenweisheit gar nicht oft genug wiederholen: Niemand wird dadurch zum Schläger, daß er im Fensehen Schlägereien *betrachtet*. Auch die *Häufigkeit* der Betrachtung bluttriefender Grobheiten ändert daran nichts – müßten doch sonst die Gewalt*forscher* zugleich die fanatischsten Gewalt*täter* sei. Immer kommt es darauf an, wie der Mensch zum Zuschlagen steht und welche Urteile er über diese Methode der Interessenverfolgung im Kopf hat: ob er sie generell begrüßt, ablehnt, dies von Fall zu Fall entscheiden möchte, oder Gewalt gegenüber Sachen von der gegenüber Personen geschieden haben will. Noch zu jeder Gewalttat gehört ein Interesse, eine Kalkulation auf die eigenen Mittel, auf die des Gegners und auf mögliche Resultate.

Wer auf der Grundlage der Imitationstheorie die Gewalt aus dem Fernsehen verbannen oder ihre Darstellungen reduzieren will, wer ein strengeres Durchgreifen der TV-Zensur und abschließbare Fernsehgeräte fordert, der geht nicht nur an der Sache vorbei. Er traut zudem keinem Kind zu, daß es *begreifen* könnte, was an solchem Tun zu beanstanden ist. Gänzlich der psychologischen Variante der Manipulationstheorie verhaftet, setzt er die geschaute Gewaltsequenz mit einem zur Nachahmung reizenden Stimulus gleich. Er erklärt das bestimmte *Bild* zum *Vorbild*. Von ihm sollen Wirkungen, »Reize« ausgehen, die getrennt von den Wünschen und Vorlieben der Zuschauer die Nachahmung provozieren, also eine »reflexartige Reaktion« auslösen. Dabei besitzt kein Bild für sich selbst irgendwelche Vorbildeigenschaften. Immer sind es erst Urteile von Menschen, die sie in diesen Rang heben und sie zu nachahmungswürdigen Vorlagen erklären.

Die Botschaften, die diese Theorie in die Welt hinausposaunt, sind schnell ermittelt: Zum einen ist festzuhalten, daß ihre Gewaltkritik sich allein auf solche Gewalttaten bezieht, die von vornherein als Entgleisungen eingestuft werden: auf »sinnlose« Gewalt und »Übertreibungen«, auf Verbrechen wie Mord und Totschlag, Folter und »Quälerei«, zumal wenn all dies ohne die gebührende moralische Verurteilung gesendet wird. Wann eine Gewalttat als »sinnlos« und »übertrieben«, wann sie als Quälerei gilt, ist ihr kein Problem. Diese Sortierung ist mit ihrer Parteinahme für Ziele, die hierzulande den Einsatz von Gewalt erlauben oder gar gebieten, vorentschieden. So ist denn jede hierzulande verbotene Gewalttat automatisch ein Verbrechen oder gerät schnell in den Verdacht der »Sinnlosigkeit«.[17] Keineswegs will sie behaupten, daß ein Schlagstockeinsatz der hiesigen Polizei gegen »Extremisten« wie eine Überdosis auf die »Gewaltbereitschaft« der Kids wirkt. Zum anderen verkündet sie, daß jener Automatismus der Nachahmung sein Material selbstredend nur in der Bilderwelt der Medien, also in der *Fiktion* findet; wohingegen die Nachahmung der Wirklichkeit nie und nimmer solche Scheußlichkeiten wie »Kindergewalt« hervorbringen kann. Deswegen zählen die Medienblutforscher in der Regel die im Fernsehen abgebildeten Gewalttaten nach, versäumen es dagegen, in diese Listen jene Brutalitäten aufzunehmen, die, von befugten Gewalttätern ausgeübt, tagtäglich in jedem Amt und in jeder Fabrik, an jeder Straßenecke und in allen Ländern zu registrieren sind. Sie behaupten damit, daß die *wirkliche Welt* ziemlich in Ordnung, nur ihr *Abbild* falsch, d.h. zu bluttriefend ist.

Die Frage, ob durch die Häufung von Gewalt*darstellungen* die heutige Jugend verroht und zu Gewalttätern erzogen wird, macht also nur Sinn, wenn untersucht wird, welche *Urteile* über Gewalt in den Medien verbreitet werden. Es ist die Frage zu stellen, ob es zutrifft, daß die moralische Ächtung von Gewalt, die die Grundlage der Skandalisierung der Jugendgewalt ist, zugleich die durchgängige Botschaft abgibt, die den Gewaltdarstellungen in Spielfilmen, in Reality-Shows, in Dokumentationen über den weltweiten Stand von Krieg und Frieden und der Tagesschau zu entnehmen ist. Die Antwort darauf fällt nicht schwer. In jedem Western, Krimi und in jeder Tagesschau bekommt der Zuschauer diese moralische Botschaft nämlich gleich in der Weise serviert, wie sie gemeint ist. Er erfährt, daß als Gewalt nur geächtet wird, was die Inhaber der Staatsgewalt an fremder Gewalt – sei es die seiner Bürger, sei es die von anderen Staaten – stört. Gewalt, erfährt er, genießt dann als Mittel zur Durchsetzung hohe Anerkennung, wenn sie von den Richtigen und für das richtige Anliegen eingesetzt wird. Gewalt braucht demzufolge nur einen *guten Grund*, dann ist sie rechtmäßig und wird ab sofort nicht Gewalt, sondern Recht und Ordnung genannt. Er lernt also, daß der Einsatz der Gewalt für die »Verteidigung« staatlicher Souveränität legitim ist, daß sie folglich für viele Anliegen in der Welt nützlich ist, und er lernt, daß dies allgemein in der Welt für notwendig gehalten wird. Er lernt also zwischen *legitimer* und *illegitimer* Gewalt zu unterscheiden. Das ist die Kritik von Gewalt, die der Mensch – ob groß oder klein – geboten bekommt.[18]

Anerkannte Kulturgüter wie der klassische Western oder Krimi lehren den Zuschauer denn auch gar nicht, die Welt nach gewaltfreien Guten und gewalttätigen Bösen zu sortieren. Sie lehren auch nicht, daß das Gute über das Böse triumphiert, *weil* das Gute sich jeder Gewalt enthält. Die Botschaft ist komplizierter und doch letztlich sehr einfach: Das Gute zeichnet sich vielmehr dadurch aus, daß es gerechtfertigterweise Gewalt einsetzen darf, mit deren Hilfe es dann – in der Regel – siegt. Verliert es, dann weiß der Zuschauer, daß es an guter Gewalt fehlt. Woran man das Gute erkennt, wenn es wie das Böse die doch eigentlich geächtete Gewalt einsetzt, ist eine gute Frage, auf die unsere gehobene und weniger gehobene Kultur klare Antworten gibt. Deren Muster ist immer das gleiche: Den Guten erkennt man weniger an seinen sachlichen Motiven und an den Mitteln, die er im Kampf gegen das Böse einsetzt,[19] als an seiner Uniform. Die trägt er entweder tatsächlich am Leibe, als Verkörperung der gültigen Moral im Gesicht oder in Gestalt einer Berufung aufs Recht mit sich herum.[20]

So wird dem regelmäßigen TV-Benutzer eine doppelte Lektion über das Verhältnis von *Moral, Gewalt* und *Recht* präsentiert. Die erste Lektion lautet: Gewalt ist legitim, wenn sie für die *gute Sache* steht. Steht sie dafür, dann ist sie letztlich auch keine Gewalt. Die zweite Lektion heißt: Was die gute Sache ist, das ist mit der durchgesetzten, also mit der *siegreichen Raison* entschieden.

Entnehmen läßt sich diesen Lektionen unmittelbar die Wahrheit über den Zusammenhang von Moral und Gewalt: Es ist die *erfolgreich* zum Einsatz gebrachte Gewalt, die eine Sache nachträglich zur *guten* Sache erklärt, für die sie eingesetzt worden ist – natürlich nebst allen Schlächtereien, die zur Durchsetzung »notwendig« waren. Mit dem Erfolg wird der Gewalt die Form des *Rechts* gegeben, ihr also ein scheinbar gewaltunabhängiger Zustimmungsgrund verliehen. Das Anschauungsmaterial ist jedem frischen Frieden zu entnehmen: Dann gilt bekanntlich das Recht des Vorgängerstaates als Unrecht! Der Erfolg adelt die neuen Anliegen. Über Nacht wird die ehemals gute Sache zur Inkarnation des Bösen erklärt. Die Bürger müssen umlernen. Und sie lernen in der Regel um.

Was sich auf der Straße, auf dem Schulhof und in der Schulklasse an Tätlichkeiten abspielt, das scheint von dieser brutalen Wahrheit über das Verhältnis von Moral und Gewalt nicht allzuweit entfernt zu sein. Es ist, als würden Kids sagen: »Wenn mir doch die erfolgreiche Schlägerei beweist, daß ich wer bin, und andere dies in ihrer Unterlegenheit auch anerkennen müssen, dann geht meine Gewalt in Ordnung, dann war sie rechtens. Denn mein Erfolg gibt mir recht.« Natürlich spielt sich dies vollständig begriffslos ab. Es kann also keine Rede davon sein, daß die jugendlichen Randalierer so agieren, weil sie aus dem Fernsehen die Wahrheit über das herrschende Verhältnis von Gewalt, Recht und Moral gelernt und die verbreiteten Unwahrheiten durchschaut hätten. Die von den Jugendlichen selbst geltend gemachten Gründe für ihr Treiben sind nicht das Resultat begriffener Gewaltkritik, sondern folgen ihrem Wunsch nach anerkannter Größe.

Doch eines steht auch fest: Sofern sie sich erst einmal dazu entschlossen haben, nicht staatliche bzw. schulische Vorschriften als gute Gründe für ihr Tun anzuerkennen, sondern eigene dagegen zu setzen, sofern sie sich also weigern, die zweite Lektion zu beherzigen, derzufolge die Maßstäbe für Gut und Böse immer von der *herrschenden Gewalt diktiert* und in Recht umgesetzt werden, dann finden sie in der öffentlichen Beurteilung von Gewalt nur Bestätigungen für ihr Tun und in ihrer Präsentation zu Unterhaltungszwecken zugleich jede Menge Anregungen für Techniken und Instrumente. Aber es ist und bleibt nun einmal die zweite Lektion die bedeutsamste. Überhört werden kann sie nicht. Wer sie nicht hören möchte, der bekommt sie spätestens dann zu spüren, wenn er seine Gleichgültigkeit gegenüber der eingerichteten Verteilung von Gewaltbefugnis praktisch werden läßt. Kinder und Jugendliche haben diese Lektion längst begriffen. Ihr Treiben lebt nämlich davon, daß sie um ihren Ungehorsam wissen.

Zweiter falscher Befund: Die »Ellenbogengesellschaft«

Der zweite Befund entdeckt nicht in der Fiktion, sondern in der *Wirklichkeit* falsche Lehrmeister für die Jugend. Ihre Verwahrlosung sei ein Produkt »unserer Ellenbogengesellschaft« bzw. der in der Gesellschaft »vorherrschenden Ellenbogenmentalität«, heißt es gesellschaftskritisch. Die Kids ahmten unschöne Durchsetzungstechniken nach, die nun einmal, so die Freunde der demokratischen Marktwirtschaft selbstkritisch, nicht zu leugnen seien: *»Schüler reagieren auf ›moderne Zeiten‹ mit adäquatem Verhalten entsprechend den Vorgaben und Normen der von den Erwachsenen forcierten ›Ellenbogengesellschaft‹, die sich aus der von ihr selbst erzeugten Gewalt nährt.«*[21] Dieser ebenfalls von der behavioristischen Lerntheorie angeregte Befund kann natürlich weder erklären, warum die besagten Halbwüchsigen nicht andere »Vorgaben und Normen«, wie etwa Leistungssteigerung in der Schule, Beachtung der Schulordung oder Klassensolidarität »adäquat« beantworten, noch warum sie auf den Ellenbogeneinsatz ausgerechnet mit der Imitation von Rücksichtslosigkeit, nicht aber mit der Demut von Verlierern reagieren.

Noch einmal: Kein Mensch ahmt ein Verhalten nur deswegen nach, weil er dieses Verhalten vorfindet. Nie ist ein Mensch, auch der Heranwachsende nicht, nur leere Matrix, auf der die Welt ihre Spuren hinterläßt, nach denen er dann selbst spurt. Der Mensch muß schon seine eigenen Gründe haben, wenn er zum Fausthieb ansetzt oder wenn er, dem Vorbild von Skins folgend, die Telefonzelle demoliert – wie sollte er sonst auch wissen, welches Verhalten es nachzuahmen gilt.[22]

Überdies ist festzuhalten, daß Kids gar nicht die *Konkurrenz* nachahmen, sondern ihr allein das Vergleichsverfahren ohne jedes gesonderte Wozu entnehmen. Sie wollen Sieger in einem Vergleich sein, ganz ohne dabei an Preise in Gestalt eines guten Zeugnisses, eines Arbeitsplatzes oder einer verhinderten Lohnsenkung zu denken. Ihre »Ellenbogen« führen ein abstraktes Eigenleben und werden nach Regeln eingesetzt, die allein ihre Überlegenheit belegen sollen. In der wirklichen Konkurrenz wäre ein Mensch mit solchen Allüren längst als Betrüger ausgemustert oder gar nicht erst zu ihr zugelassen worden. Es wird nämlich das Anliegen demokratischer Konkurrenz konterkariert, wenn schon *vor* dem (Leistungs-)Vergleich feststehen soll, welche der zur Konkurrenz verpflichteten Subjekte die Sieger sind.[23]

Die Theorie von der Ellenbogengesellschaft übersetzt also Konkurrenz mit *verfehltem Sozialverhalten.* Immer würden die Menschen das auf Harmonie und Wohlfahrt angelegte Zusammenleben dadurch unharmonisch und partiell gewalttätig gestalten, daß sie in ihrer »Egozentrik«, in ihrem »Konsumdenken«[24] oder in ihrer »Skrupellosigkeit«[25] die Ellenbogen ausfahren und sie rücksichtslos gegen Mitkonkurrenten einsetzen. Daß Rücksichtslosigkeit in der Tat zu den Wesensmerkmalen der Konkurrenz zählt, ist unbestreitbar. Allerdings ist sie weder das Produkt böser Absichten verdorbener Menschen noch das Resultat einer Veranlagung der Menschen, die bekanntlich »nie genug kriegen können«. Außerdem gehört zu jeder Konkurrenzveranstaltung dazu, daß etliche der Konkurrenten entweder ihre »Ellenbogen« irgendwann einziehen müssen oder über gar keine »Ellenbogen«, d.h. über keine ihren Interessen gemäßen Durchsetzungsmittel verfügen.

Daß die ganze böse »Ellenbogengesellschaft« überhaupt nur funktioniert, wenn die Mehrheit der zur Konkurrenz genötigten Bürger von ihren Ellenbogen *keinen* Gebrauch macht oder gar nicht erst machen kann, daß viele jener Jugendlichen, deren Gewalttätigkeiten für Aufregung sorgen, zu dieser Kategorie von Menschen gehören, ist ein Befund, der nicht zur Botschaft dieser Theorie paßt. Sie läuft darauf hinaus, daß nicht die Gesellschaft – und zwar das, was die Jugendforscher für ihre Wirklichkeit halten – die Jugend ins Verderben stürzt, sondern nur ein Haufen unverbesserlicher Konkurrenzgeier, die aus einem an sich harmlosen Wettstreit eine gewalttätige Veranstaltung machen. Das, sagen sie, ist nicht das wahre Gesicht der Konkurrenz, sondern nur ihre *Fehlform.*

Aus dieser Verwandlung der Konkurrenz in eine sozial-moralische Einstellung zu ihr erklären sich denn auch all jene Vorschläge von Jugendsoziologen und Pädagogen, die der »Ellenbogenmentalität« zu Leibe rücken und damit der Konkurrenz zu ihrer wahren Natur, dem friedlichen und belebenden, weil regelkonform und berechnend betriebenen Wettbewerb verhelfen wollen. Um der Jugend das schlechte Vorbild zu nehmen und sie selbst gegen die »Ellenbogenmentalität« zu immunisieren, empfehlen sie die Einübung von mehr »Toleranz«, »Bescheidenheit«, »Solidarität« und »Kompromißbereitschaft«. Dabei darf es nicht verwundern, daß als Sozialelixier gegen die Rücksichtslosigkeit in der Welt lauter Ideale eben dieser Konkurrenz empfohlen werden. Wer zu Bescheidenheit und Kompromißbereitschaft aufruft, der setzt nämlich auf den freiwilligen Verzicht aller, bestätigt folglich das Urteil, daß es einen Mangel an Plätzen für weiterführende Bildung, an Arbeitsplätzen oder an Zahlungsfähigkeit offenbar notwendig zu geben hat. Diese Moral läuft auf eine Art Nivellierung der Konkurrenzresultate hinaus: Würden alle ein wenig verzichten, wäre für alle genug da, heißt die Kanzelbotschaft. Sie legt erneut

Zeugnis davon ab, daß »das Leben« nicht an der Schule, aber an den Pädagogen vorbeigeht. Nur Realschulabsolventen oder Teilzeitarbeiter zu produzieren, wäre erstens unvernünftig und zweitens kaum im Sinne der Verwalter des Kapitalismus. Mit der Toleranz und der Solidarität verhält es sich im Prinzip ebenso: Das Gebot, auf Streit zu verzichten, setzt den Streitgegenstand voraus und will ihn ganz im Sinne einschlägiger Nutznießer unerledigt lassen. Wer – gerade heute – Solidarität predigt, der möchte von vornherein, daß alle diejenigen, die auch durch noch soviel Anstrengung in der Konkurrenz nie auf einen grünen Zweig kommen, gleich von vornherein ihre Interessen zurücknehmen und die gesellschaftliche Hierarchie, welche die Konkurrenz erzeugt, anerkennen: Der Beschäftigte soll wegen der Unbeschäftigten solidarisch auf Lohn verzichten, was nicht denen, sondern nur den Bilanzierern von Lohnstückkosten nützt. In der Schule soll mit Solidarität in der Klassengemeinschaft auch nicht den »Leistungsschwachen« der Übergang auf das Gymnasium ermöglicht werden – Abschreiben verbieten auch die größten pädagogischen Moralisten –, sondern der Gegensatz, das Gefälle und seine Wirkungen, das Abschalten und »Stören« der Konkurrenzverlierer abgemildert werden.

***

Fassen wir die Fehler zusammen: Auch diese beiden Theorien fragen – das sei zusätzlich festgehalten – allein nach den gesellschaftlichen Ursachen von jugendlicher Gewalttätigkeit, ohne in ihr oder für sie irgendein *Motiv* ausfindig zu machen. Sie wird als *Abartigkeit* bei den Kids konstatiert und mit gesellschaftlichen Vorgängen in Verbindung gebracht, denen eine ähnliche Deformierung attestiert wird.

Dies fällt leicht, da beide Theorien *Schuld*-Fragen wälzen, wenn sie *Ursachen* erforschen wollen. Jeder aufgedeckte Zusammenhang zwischen Jugendgewalt und Gesellschaft wird auf ein Verschulden von Einrichtungen oder Personen zurückgeführt. Folglich ist die Jugendgewalt allenfalls auf Verfehlungen von Amtsträgern oder auf den Mißbrauch eigentlich höchst erquicklicher Einrichtungen wie Familie, Fernsehen oder den Wettbewerb zurückzuführen. In jedem Fall schließt die Schuldfrage ein, daß *Schuldige* benannt, zur Raison gebracht werden müssen und auch gebracht werden können. Die Gesellschaft müsse sich zu diesem Behufe nur bemühen, ihre Auswüchse in den Griff zu bekommen, also im Fernsehen die Gewalt der Wirklichkeit ausblenden bzw. die Kinder von der Mattscheibe fernhalten und die Konkurrenz in einen fröhlichen Wettbewerb umgestalten.

Die hier als *Beschuldigung* vorgetragene Behauptung, daß die unerwachsenen Rohlinge in dieser Gesellschaft in die Schule gegangen sind, in ihr gelernt, etwas von ihr imitiert haben, lebt also von einer doppelten *Entschuldi-*

gung der Gesellschaft: Wo die Kids Verkehrsfomen der Erwachsenenwelt nachgemacht haben, da haben sie sich entweder nur durch ein gewalttätiges Abbild verführen lassen oder der Gesellschaft nur brutale Fehlformen, nie aber ihre guten Verkehrsformen abgeschaut. Soweit das erste Dementi. Zum anderen wird behauptet, daß den Heranwachsenden das gesellschaftlich Abseitige unmöglich *eingeleuchtet* haben kann, daß vielmehr eine Art *automatischer Adaptation* stattgefunden haben muß. Ein Imitieren ohne Sinn und Verstand wird für die Verbindung zwischen gesellschaftlichen Abartigkeiten und denen der Jugendlichen verantwortlich gemacht. Jeder *Wille zur Tat*, jedes – wie falsch auch immer begründete – bewußte Motiv wird herausgekürzt.

4. Fehlurteile über Erfolg und Mißerfolg

Nimmt man die Frage, wo der aus der Rolle fallende Teil des Nachwuchses »denn das« gelernt hat, einmal beim Wort, so liegt die Antwort offen zutage. Das Prinzip seines Treibens, das Beharren auf dem Anspruch unbedingter Geltung, das hartnäckige Bemühen, im Vergleich mit anderen als Sieger akzeptiert zu werden, das hat der Nachwuchs von der Welt, in der der Ernst des Lebens regiert, abgekupfert! Es ist in diesen Breitengraden nämlich nicht gebräuchlich, Menschen ganz einfach danach zu beurteilen, was sie wollen und was sie tun, was sie wissen und was sie können. Daß man besser *als* ..., stärker *als* ..., schöner *als* ..., reicher *als* ... sein muß, daß Menschen ganz prinzipiell nur zu etwas kommen, wenn sie aus einem Vergleich als Sieger hervorgehen, den andere als Verlierer verlassen, daß darüber der Wert einer Person ermittelt wird, scheint jedermann bereits in Fleisch und Blut übergegangen zu sein.

Und selbst die übertriebenen Praktiken der Kids sind der Welt der Erwachsenen entlehnt. Besonders dann, wenn zusätzlich der Alkohol die Alltagsbedenklichkeiten zurückgedrängt hat, endet so mancher Streit im Wirtshaus mit blutigen Nasen, so manche Demonstration von PS-Leistungen am Baum und so manche Beschimpfung mit eingeschlagenen Fensterscheiben.

Von einer Kritik an dieser Vergleicherei, die deswegen immer gleich ernst wird, weil ihr die Urteile über den Wert des Menschen entnommen werden, ist hierzulande weit und breit nichts zu vernehmen. Allenfalls wird angemahnt, Auswüchse zu unterbinden. Woher sollte die Kritik auch kommen, wo das Vergleichen sich als Volkssport bis in die tiefsten Winkel des Privat- und Intimlebens hinein vorgearbeitet hat. Verglichen und gemessen wird selbst noch in Liebesdingen, was denen selten gut bekommt. Rücksichtslosigkeit gegenüber Wünschen und Gefühlen anderer Menschen, gegenüber dem eigenen Portemonnaie oder der eigenen Leber ist eingeschlossen und fällt schon gar nicht mehr auf. Folglich bleibt auch der Nachwuchs von solcher Kritik verschont.

Da die Kids das Treiben der Erwachsenen sehr frühzeitig erfahren, bleibt ihnen gar nichts anderes übrig, als sich mit ihm auseinanderzusetzen. Sofern sie sich ihm anschließen, kopieren sie willentlich einen Umgang, der bei den Erwachsenen zu den selbstverständlichen Formen der Bewältigung gesellschaftlicher Lebensvorgaben gehört. So gesehen ist die Frage, wo die Kinder das gelernt haben, schnell beantwortet.[26]

Allerdings muß der kleine Mensch – und ebenso der große –, der sich unbedingt als Sieger behaupten und darüber den besonderen Wert seiner Person unterstreichen will, dieses Motiv erst einmal bei sich *ausgebildet*, den Komplex an darin enthaltenen falschen Urteilen akzeptiert und zur Gewohnheit gemacht haben. Er muß bis zum Rand abgefüllt sein mit falschen Urteilen über die Welt, in der er lebt, seine eigene Stellung in ihr, über ihre Macher und Mitmacher, deren aufgegangene oder nicht aufgegangene Zwekke, also über Erfolg und Mißerfolg. Es muß ihm völlig geläufig sein, erstens jedes Urteil über die eigene Person ganz von dem *Vergleich* mit anderen abhängig zu machen; dabei zweitens die Frage der eigenen Befindlichkeit ganz in die *Anerkennung* zu verlagern, die man von anderen erfährt; und schließlich drittens das Leben über weite Strecken ganz danach auszurichten, daß man sich als anerkennungswürdiges Individuum *präsentiert*.

Diese falschen Urteile folgen einer eigenen Logik, die es nachzuzeichnen, also zu kritisieren gilt. Der Grad ihrer Durchsetzung verweist darauf, daß sie keineswegs zufällig ist, sondern sich einer interessierten, auf das Einrichten in Verhältnissen, wie sie jeder kapitalistischen Gesellschaft eigen sind, zielenden Auseinandersetzung verdankt. Das bürgerliche Subjekt relativiert auf diese Weise im Geiste und mit den daraus folgenden praktischen Taten seinen Willen an den gesellschaftlich vorgefundenen Hindernissen, die seinen Interessen im Wege stehen. Es deutet alle Schwierigkeiten fehl und leitet konsequent falsche Schlußfolgerungen ab, die an den Schranken, die seinem Interesse entgegenstehen, nichts ändern, also – das läßt sich vorweg sagen – als Anpassungsleistungen erwünscht sind.

Die Konkurrenz ...

Woher die Vergleicherei kommt, worin sie ihre gesellschaftliche Grundlage hat, ist kein Rätsel: Entnommen ist sie der *Konkurrenz*, dem hiesigen Prinzip der Verteilung von Menschen auf eine Hierarchie von Posten und Ämtern für feststehende gesellschaftliche Zwecke. Keineswegs ist sie »erfunden« als Methode zur Ermittlung der Wertigkeit der Subjekte, zur Bedienung von Geltungs- und ähnlichen, wenig vernünftigen Bedürfnissen. Und doch wird sie dahingehend umgedeutet. Was die Konkurrenz *ist* und wie sie durch die Sieger und Verlierer *gedeutet* wird, das fällt also auseinander.

Entgegen allen Auskünften, die die Schule erteilt, ist die Konkurrenz keine Sphäre, in der der Mensch ganz frei mit der Leistung als seinem Mittel seine Bedürfnisse erfüllen kann. Das scheitert schon daran, daß Konkurrenz zwangsläufig die Knappheit der Konkurrenzobjekte unterstellt. Das Mittel, dessen Einsatz verlangt wird, die *Leistung*, steht denn auch in keinem unmittelbaren Verhältnis zum Anliegen, das in der Konkurrenz verfolgt wird – sei dies nun ein Arbeitsplatz, eine höhere Lohngruppe oder eine bessere Schulnote. Die Leistung, zu der jedermann in der Konkurrenz verdonnert wird, erfüllt gar nicht das Bedürfnis, um das es den Konkurrenten geht – nicht einmal mehr oder weniger. Sie wird vielmehr in einer Leistungs*hierarchie* zusammengefaßt, mit deren Hilfe dann nach Kriterien, die mit der Leistung der Konkurrenzsubjekte nichts zu tun haben, über die Vergabe von Einkommen, Arbeit oder Noten entschieden wird. Es haben die Konkurrenten beim freien Kräftemessen weder Einfluß auf ihre eigene Anzahl, noch auf die Kriterien ihrer Vergleicherei und schon gar nicht auf den Umfang jener »Güter«, um die sie konkurrieren. Weder bemißt sich die Zahl der Konkurrenten an den zu verteilenden Gütern, noch werden diese bei steigender Bewerberanzahl aufgestockt.[27] Den Vergleich, in dem sie sich bewähren müssen, wenn sie in der bürgerlichen Gesellschaft nach Maßgabe ihres Eigentums Erfolg haben wollen, bestimmen nicht sie, sondern der wird mit ihnen *angestellt*. Die Gegenstände bzw. Ziele ihrer Konkurrenz liegen außerhalb ihrer Zugriffsmöglichkeiten. Müßten sie sonst um sie konkurrieren?

Mit seiner individuellen Leistung kann der in die Konkurrenz eingespannte Mensch ihre entscheidenden Vorgaben also gar nicht beeinflussen. Da mag er sich im Betrieb oder in der Schule noch so sehr abrackern; ob er ans Ziel seiner Träume gelangt, liegt nicht an dieser Rackerei. Darüber entscheidet das *Verhältnis* seiner individuellen Leistung zu jener der Mitbewerber, zu denen er in einem Dauervergleich steht. Es wird eben in der Leistungsbeurteilung nicht jede besondere Leistung für sich qualitativ beurteilt, sondern ein *Leistungsvergleich* angestellt, in welchem jede besondere individuelle Leistung nur in Relation zu der aller Konkurrenten etwas gilt. Und daß beides nicht dasselbe ist, wissen all jene Menschen, die die Erfahrung gemacht haben, daß vermehrte Leistung überhaupt nur dann etwas bringt, wenn die Konkurrenten am »Leistungsprinzip« scheitern. Der individuellen Leistung verdankt sich also nicht einmal die Stellung in der Hierarchie der Konkurrenten.

Daß sich die Bedeutung der individuellen Leistungserbringung für die Bewerber relativiert, heißt nicht, daß auf sie verzichtet werden kann. Sie ist für die Veranstalter und die Nutznießer der ganzen Vergleicherei von höchster Bedeutung. Mit ihrer individuellen Leistung erbringen die Konkurrenten nicht nur das Material, an dem sie dann nach sachgemäßen Kriterien sortiert werden. Es kommt in all den Vergleichen zugleich sehr auf die besondere

Anstrengung des einzelnen an: Die Schulkonkurrenz ist zugleich der Bildungsprozeß des Nachwuchses, die Konkurrenz am Arbeitsplatz verbessert das Lohn-Leistungsverhältnis für die Betriebe, und auf dem Arbeitsmarkt schlägt sich die individuelle Mehranstrengung als Verzicht auf angestammte Lohn- und Arbeitsverhältnisse nieder – was darauf verweist, daß auch der Arbeitslose in der Reservearmee seine ökonomische Funktion zu erfüllen hat. Womit sollten sich Arbeitskräfte denn auch sonst gegenüber den Betrieben profilieren und wechselseitig auszustechen versuchen! Die *Chance*, die sie damit wahrnehmen, ist mit dem *Erfolg* – einem einträglichen Arbeitsplatz – nicht zu verwechseln. Vielmehr wird auf diese Weise den Geschäftsleuten eine neue Grundlage für ihre Kalkulation zwischen der Arbeitskraft und der Maschinerie eröffnet.

Die Knappheit der zu verteilenden Güter stellt sich in den normalen Zeiten von Demokratie und Marktwirtschaft fast wie ein Naturgesetz ein: Diese Gesellschaft *darf* es sich nämlich nicht leisten, die Bedürfnisse all ihrer Mitglieder zu befriedigen. Das liegt nicht an einem Mangel an Lebens- oder Produktionsmitteln, sondern an ihrer kapitalistischen Form. Wo Reichtum in Geld gemessen und als Kapitalwachstum bilanziert wird, da braucht es notwendig und dauerhaft billige Arbeitskräfte, die lohnende Arbeit verrichten. Die Vergleicherei in Schule, Betrieb und auf dem Arbeitsmarkt bewerkstelligt also notwendig den Ausschluß der Mehrheit von allen Sphären, in denen es sich im Kapitalismus gut leben läßt. Die Konkurrenz bringt also nicht neben den Siegern auch und als leider nicht zu vermeidendes Abfallprodukt Verlierer hervor. *Verlierer* werden vielmehr *massenhaft gebraucht* – dafür sorgen Schule, Markt und die Verteilung des Privateigentums. Die Konkurrenz produziert Sieger also notwendig auf Kosten von Verlierern. Und dieses Ergebnis, der Ausschluß der Mehrheit von der Partizipation am gesellschaftlichen Reichtum, steht als objektiver Zweck vor jedem Konkurrenzbeginn längst fest. Es wird unabhängig von den Konjunkturen des Marktes sichergestellt, also auch bei sogenannter Vollbeschäftigung.

Aussteigen kann aus diesem Getriebe nur, wer ohnehin ganz »dick drin« ist, d.h. über eine Reichtumsquelle verfügt, die getrennt von seiner Arbeitsleistung dauerhaft sprudelt. Alle anderen sind genötigt, sich der Konkurrenz zu *unterwerfen*, haben sich in ihr anzustrengen und sich – wenn ihnen schon nicht einfällt, daß sie als lohnarbeitende Konkurrenten zugleich über die Waffe verfügen, mit der sie den Nutznießern der Konkurrenz einen Strich durch ihre Rechnung machen könnten – mit den Resultaten, die ihnen die Vergleicherei beschert hat, *abzufinden*.

... und ihre Moral

Dies erledigt zum einen der Zwang der sachlichen Verhältnisse ziemlich flächendeckend. Denn daß man Geld verdienen, daß man sich dazu eine

Arbeit suchen muß, daß der Erfolg dieser Suche nicht von der eigenen Arbeitsbereitschaft abhängt, daß man sich ohne Erfolgsgarantie anzustrengen hat, kurz daß *ohne* den Leistungsvergleich in dieser Gesellschaft niemand etwas wird, das ist praktisch gewordene Binsenwahrheit. An der wird auch dann nicht gerüttelt, wenn sich offenbart, daß aus der Mehrzahl der Mitmenschen auch *mit* dem Leistungsvergleich nicht viel wird.

Die Interpretation dieses eingerichteten Sachzwangs durch die der Konkurrenz Unterworfenen tut ein übriges. Weil ohne Konkurrenz nichts läuft, und weil es in ihr stark auf die eigene Leistung ankommt, schätzen die Mitmenschen die Konkurrenz*pflicht* als *Erlaubnis*, sich in der Gesellschaft nach Maßgabe eigener Bedürfnisse umzutun. Sie entdecken die Konkurrenz selbst, in der ihnen nur staats- und geschäftsnützliche Anstrengungen abverlangt werden, als die eigens für sie eingerichtete günstige Bedingung, ihr materielles Fortkommen in die eigenen Hände zu nehmen, legen also an die Konkurrenz Maßstäbe an, mit denen sie idealisiert wird.

Diese Konkurrenz*moral*, diese erwünschte und gehätschelte Alternative zu jeder Konkurrenz*kritik*, ist hierzulande bei Konkurrenzverlierern, aber auch -siegern sehr beliebt. Wem es nicht in den Sinn kommt, um das Maß seiner Leistung zu streiten, wer keinen Anstoß daran nimmt, daß er in einen Vergleich gestellt wird, dessen Bedingungen ihm nicht zugänglich sind, mißt ebenso beständig wie sachfremd die Resultate der Konkurrenz an seinen Leistungen. Damit eröffnet er sich das unselige Reich der *Gerechtigkeit*, in welchem er sich nach Vergnügen tummeln kann: Er kann sich auf dieser falschen Urteilsgrundlage über die Ungerechtigkeit empören, die ihm widerfahren ist, wenn sich im Ergebnis die Leistung nicht gelohnt hat; den Konkurrenten ob seiner ungerechten Erfolge beneiden, mutmaßen, daß bei ihm nicht alles mit rechten Dingen zugegangen ist, oder zu dem Urteil Zuflucht nehmen, daß Geld eben nicht alles bedeutet und auch ein Straßenkehrer öffentliche Verantwortung trägt. Er kann umgekehrt den Mißerfolg für gerecht erachten, wenn er seine eigene Leistung gering einschätzt. Er kann sich seiner Verdienste rühmen und den Konkurrenten als wenig leistungsbereit denunzieren. Usw...

Jeder dieser moralischen Befunde über die Konkurrenzresultate – und *moralisch* sind sie darin, daß sie den eigenen Materialismus als Maßstab für Erfolg und Niederlage relativieren, ihn unter das Verdikt des staatlich erlaubten Erfolgsweges stellen und diesen zu einer Wohltat verklären – diktiert seine eigenen praktischen Konsequenzen, für deren Verlaufsformen in der Regel gesellschaftlich vorgesorgt ist. Wer Lohn oder Note für ungerecht erachtet, darf sich in das Beschwerdewesen begeben und sich nachrechnen lassen, daß seine Leistung im Vergleich zu der der Kollegen oder Mitschüler richtig beurteilt worden ist. Gelegentlich wird dabei sogar ein Beurteilungsfehler entdeckt und die Note oder der Lohn nach unten oder oben korrigiert.

Die Existenz des Beschwerdewesens affirmiert den Standpunkt, sich in der Unterwerfung unter den *Zwang* der Konkurrenz selbst *bewähren zu dürfen* – und in ihrem Einsatz den Zugang zum Erfolg zu haben. So ist dafür gesorgt, daß er zu seinem Recht, aber eben auch nur dazu kommt. Erweist sich der Protest als vergeblich, hat er sich davon überzeugen lassen, daß sein unzureichender Lohn den gültigen Maßstäben der Leistung entspricht, so ist ebenfalls dem Recht die notwendige Reverenz erwiesen worden. Es liegt dann der Schluß nahe, es mit Mehrleistung zu versuchen – was nicht immer ganz einfach ist, da bekanntlich Übereifer auch kontraproduktiv sein kann.

Wer sich lange genug in diesen Varianten herumgetrieben hat – mit dem Verweis auf die Leistung die Berechtigung des Lohns zu bestreiten oder mit dem Verweis auf den Lohn die Überleistung zu reklamieren –, wer also immer noch nicht bemerken will, daß dieses ganze Verhältnis gar nicht seinem Bedürfnis recht geben will, sondern es nur in dem Maß gelten läßt, wie die dafür erbrachte Leistung sich für die Belange von Geschäfts- oder Bildungspolitik lohnt, der kann sich z.B. mit seinem guten (Rechts-)Gewissen seinen Materialismus ganz versagen und sich auf der Bedeutung seiner Leistung, nicht für die eigene Wohlfahrt, sondern für übergeordnete Werte wie Allgemeinheit, Freiheit oder Nation ausruhen. Auch auf die eigenen ordentlichen Wege der Leistungserbringung kann man sich viel zugute halten, wenn sich schon beim Lohn nichts mehr bewegt: Krumme Wege hat man nie beschritten, nie – wie »unsere Politiker da oben« – die Hand nebenbei aufgehalten (wer hätte auch etwas hineinlegen sollen!), immer ist man anständig geblieben, was für den moralischen Zeitgenossen dann, wenn ihm die Anstrengung schon nichts gebracht hat, auch ein Lohn ist.

Die Psycho-Logik des Selbstbewußtseins

Die Welt, in der sich das moralische Konkurrenzsubjekt bewegt, bekommt durch den Willen zum Bestehen der alltäglichen Bewährungsproben neue Konturen. Die Konkurrenz gilt ihm als Gelegenheit, die eigenen Vorstellungen zu verwirklichen. An ihr kann es also nicht liegen, wenn eigene Anliegen auf der Strecke bleiben. Sie ist und bleibt die *Bedingung*, um etwas zu erreichen. Am *nichterfüllten Interesse* wird als *Anspruch* festgehalten, auf dessen Einlösung man ein *Recht* hat. Und sich selbst schätzt man als das beste und erste Mittel des eigenen Erfolgs.

So wechseln die Konkurrenzsubjekte den Gegenstand. Von der Beurteilung ihres Mißerfolgs oder Erfolgs, von der idealistischen Fehldeutung ihrer materiellen Anliegen leiten sie nahtlos über auf ihre werte *Person*. Nun sind *sie* das Thema. Und für die Entwicklung von *Selbstbewußtsein* sind alle Zutaten vorhanden. Die Suppe kann angerührt werden; eine Suppe, die sich der brave Staatsbürger ebenso einbrockt wie der ausgeflippte Jugendliche. Darin liegen sie voll auf einer Linie. Natürlich betrachtet niemand das Selbstbewußtsein nach diesem despektierlichen Bild. Vielmehr wird es schmerzlich vermißt, wenn es fehlt, eifrig gefördert, wenn es keimt, und genossen, wenn es sich eingestellt hat. Ohne Selbstbewußtsein – darin ist sich die moderne Welt einig – kann »der Mensch« sich »das Leben« und seine Bewältigung nicht vorstellen. Womit nicht nur viel über »das Leben«, sondern auch schon einiges über die prekären Leistungen des Selbstbewußtseins preisgegeben ist.

All das beginnt recht harmlos mit dem bekannten Fehlurteil:

»Erfolg hängt an der eigenen Leistung«

Weil die ganze offizielle Vergleicherei notwendig über die *individuelle Anstrengung* abgewickelt wird, bilden sich Menschen ein, sie selbst seien der Grund für Erfolg und Mißerfolg und in ihrer *eigenen Leistung* hätten sie das Mittel in der Hand, das Resultat der Konkurrenz in ihrem Sinne zu dirigieren. Dabei irren sie sich, wie bereits gezeigt, mehrfach: Ihre Leistung gilt immer nur relativ und entscheidet überdies gar nicht über das Quantum an Siegern und Verlierern. Dennoch bleibt ihnen auf dem Arbeitsmarkt, bei der Arbeit, aber auch in der Schule nichts anderes übrig, als sich nach vorgegebenen Kriterien höchstpersönlich anzustrengen. Unterlassen sie das, ist der Schaden gleich eine ausgemachte Sache – und es ist zugleich der »Beweis« erbracht, daß all jene im Recht sind, die sie vorher zu größerer Anstrengung aufgefordert hatten.

So kommt die unselige Verwechselung von objektiven gesellschaftlichen Zwängen mit (fehlender) subjektiver Anstrengung in die Welt. Diese Gesellschaft – so kann man es in jedem Sozialkundebuch nachlesen – ist eigentlich eine erquickliche Kombination von freier Eigeninitiative und bereitgestellten Bedingungen zu ihrer Entfaltung. In ihr kann jeder sein Glück machen, wenn er sich nur darum bemüht.[28] Auf jeden Fall ist es bei Mißerfolg obligatorisch, sich an die eigene Nase zu fassen: »Vielleicht habe ich mich ja wirklich zu wenig angestrengt. Vielleicht liegt es ja wirklich an mir, wenn ich dauernd Fünfen schreibe, keinen Arbeitsplatz finde, der Betrieb nicht in die schwarzen Zahlen kommt, ich mit dem Einkommen nicht auskomme...!«

Verfängt das Rezept nicht, dann stellt sich bei vielen Schülern – um bei dem Schulbeispiel zu bleiben – schnell eine »mangelhafte Leistungsmotivation« ein, die bekämpft werden muß. Pädagogen raten dazu, den Mut nicht sinken zu lassen. Sie setzen also – wider die Logik ihres eigenen Tuns – erneut auf die Stabilisierung des Mechanismus von Selbstbeschuldigung und Selbstwertschätzung.

Damit leiten sie zum nächsten Fehlurteil über:

»Leistung ist eine Sache der Leistungsfähigkeit«

Wer sich in dem Fehlurteil eingerichtet hat, daß sein Mißerfolg (oder der Erfolg) in der Konkurrenz ganz von ihm selbst abhängt, der ist schon auf dem Sprung zum nächsten Irrtum. Wenn sich trotz vermehrter Anstrengung z.B. in der Schule das erwünschte Resultat nicht einstellt, wird häufig eher an der eigenen *Leistungsfähigkeit* gezweifelt als an der Ideologie der Leistungsabhängigkeit von Sieg und Niederlage. Pädagogisch ist dann von »Begabung« oder »Intelligenz«, von »Lern-« oder »Konzentrationsfähigkeit« die Rede, von lauter Eigenschaften also, die das Konkurrenzsubjekt *auszeichnen* oder gar ausmachen sollen. Der Mensch soll sich überzeugen lassen, daß alles, was ihm in der Gesellschaft zuteil oder vorenthalten wird, an ihm liege. Nicht daß er sich zu wenig angestrengt habe, lautet nun das Urteil, sondern daß es ihm wohl an der *Eigenschaft* fehle, sich konkurrenzadäquat ins Zeug zu legen. Er selbst hat dann gar nichts falsch gemacht. Er konnte nichts falsch machen, weil er gar nicht mehr »können konnte«. Die Mißerfolge oder Erfolge in der Konkurrenz liegen also diesem Urteil zufolge nicht mehr in der erbrachten Anstrengung. Vielmehr wird diese ihrerseits auf ein Potential der Person zurückgeführt, das es allererst ermöglicht, die zum Erfolg führende Leistung zu erbringen; oder das im umgekehrten Fall einfach zu mehr nicht taugt, weshalb auch jede weitere Zusatzanstrengung vergeblich ist. Ob ein Mensch etwas erreichen kann, das liegt demzufolge jetzt nicht an seiner Leistung, sondern an seinem Leistungs*vermögen.*

In dieser Selbstbezichtigung wird alles Tun und Lassen in die Äußerung von Befähigungen des Menschen verwandelt. Die Resultate seines Tuns gelten dann nur noch als Belege für diesen Befund. Das, was in Familie, Arbeitswelt oder Schule mit ihm *angestellt* worden ist, das soll der Mensch *sein*, das soll ihm ganz entsprechen: Er ist dann Erfolgs- oder Mißerfolgsmensch, die Personifikation des Gewinners oder der geborene Verlierer.

Der tatsächliche Zusammenhang steht damit auf dem Kopf: Die vermittels der Konkurrenz zustandegekommene Hierarchie in der Schule und im Berufsleben ist in dieser Sichtweise die adäquate Darstellung der Verteilung der Erfolgsfähigkeiten unter den Menschen. *Menschengemäß* ist demzufolge die Verteilung auf die drei Schularten, auf die Lohn- und Gehaltsgruppen, auf die Berufe vom Bandarbeiter bis zum Chefarzt. Und wer in tiefe Depression darüber versinkt, daß er wohl als Sitzenbleiber oder Arbeitsloser zum Mißerfolg verdammt ist, der teilt mit dem Konkurrenzsieger, der sich für einen geborenen Siegertypen hält, das Urteil, daß der Mensch, dieses gänzlich abstrakte Bündel von Eigenschaften, auf jeden Fall das *Subjekt* gesellschaftlicher Prozesse ist – im guten wie im schlechten. Dieser psychologische Selbstbetrug interessiert sich nicht dafür, was einer ist und hat, über welche Mittel er verfügt, ob er Kapitalreichtum besitzt, der Regierung angehört oder abhängig arbeiten muß. Längst ist jeder gesellschaftliche Gegensatz in den Ausdruck einer vorhandenen – erworbenen oder angeborenen – Verteilung menschlicher Eigenschaften verwandelt worden.

Wer sich mit solchen psychologischen Fehlurteilen herumschlägt, bastelt bereits schwer an der

»Pflege des Selbstbewußtseins«

So ein Selbstbewußtsein besteht nicht aus der harmlosen Reflexion auf sich selbst, in der eine Differenz zum Rest der Welt zur Kenntnis genommen wird. Daß man dieser und jener ist, daß man seine eigenen Interessen und Ansichten, seine Vergangenheit und Wünsche für die Zukunft, Mittel und Durchsetzungswege dafür besitzt oder auch nicht, all dies fällt in eine vernünftig bilanzierende Selbstbesinnung. Mit dem Kult des Selbstbewußtseins hat dies nichts zu schaffen. Wäre das »Bewußtsein« vom »Selbst« nur mit dieser Bilanz befaßt, käme es nie zu den bekannten Urteilen über fehlendes oder überschießendes Selbstbewußtsein. Als Gegenstand eigener Betrachtungen hätte es keine Bedeutung. Die Sorgen, die der Mensch sich macht, würden nicht seinem Selbstbewußtsein, sondern ganz den Resultaten der persönlichen Bilanz gelten. Allein Fragen der folgenden Art stünden dabei zur Klärung an: Wie komme ich an regelmäßige und ausreichende Geldeinkünfte – und zwar ohne dafür meine Gesundheit und alle freie Zeit opfern zu müssen? Warum stellen sich bei mir die Mittel zur Verfolgung meiner Absichten nicht ein? Wie ist das abzustellen? Wie verfahre ich mit Menschen, die permanent meine Pläne durchkreuzen? Und wie mit jenen, die in derselben Lage sind wie ich? Usw.

Die Pflege des Selbstbewußtseins folgt vielmehr in unseren Breitengraden der Neigung, sich als Person für seine Leistungen und deren Resultate *verantwortlich* zu erklären. In dem Urteil, daß sich die Besonderheit eines Menschen ganz aus seiner *Erfolgsfähigkeit* ergibt, verdoppelt sich, was dem Menschen in der Konkurrenz zuteil wird. Ein Erfolg läßt sich dann als dieser selbst *und* als Urteil über die Vortrefflichkeit der Person genießen: Das zeichnet den Menschen mit gesundem Selbstbewußtsein aus. Der Mißerfolg dagegen bereitet Kummer, dem die Verzweiflung über die fehlende Erfolgsfähigkeit der Person noch hinzugefügt wird: Es mangelt diesem Menschen an Selbstbewußtsein, weiß der Psychologe sofort.

Keineswegs fallen beide Seiten dieser verdoppelten Erfolgsbilanz in ihrem Urteil notwendig zusammen. An der objektiven Seite kommt niemand vorbei. Sie äußert sich unmißverständlich im Zeugnis, im Inhalt des Geldbeutels oder im Zustand der eigenen Gesundheit. Doch ist der aus der Fehlbeurteilung gesellschaftlicher Sortierungsprozesse resultierende, gänzlich subjektive Befund über den Selbstwert der Person immer noch ein eigenständiges Urteil, das erst einmal akzeptiert werden will. Wer macht sich schon gern und ohne Umschweife das wenig aussichtsreiche Urteil über sich zu eigen, nicht etwa hier und heute einmal versagt zu haben, sondern durch und durch ein *Versager* zu sein! Es ist deshalb an der Tagesordnung, daß sich ein ausgeprägtes Selbstbewußtsein von Niederlagen in der Schule oder auf dem Arbeitsmarkt *nicht* beeindrucken lassen *will*. Und umgekehrt finden sich auch Erfolgreiche auf der Couch ein, die über fehlendes Selbstbewußtsein – etwa im Umgang mit dem anderen Geschlecht – Klage führen.

Gerade weil das Selbstbewußtsein zu einem derartigen Eigenleben neigt, taugt es prächtig dazu, sich mit den Niederlagen abzufinden, die die Gesellschaft bereithält. Die klassischen Verfahren sind jedermann bekannt. So heißt es dann: Letztlich sei er bzw. sie doch ein ordentlicher Kerl bzw. eine prächtige Kerlin. Es müsse ja nicht jeder Chefarzt werden, um den Beweis zu erbringen, eine wertvolle Person zu sein, die Achtung und Anerkennung verdient usw. Auf diese Weise erfüllt das Selbstbewußtsein seine selbstbetrügerischen *Unterwerfungsleistungen.* Da hält der Mensch sich beispielsweise zugute, bei aller Armut doch immer eine ehrliche Haut geblieben zu sein, hört gerne über sich das Urteil, daß er zwar arbeitslos, doch von nobler Gesinnung sei, oder klagt selbst schon einmal darüber, etwas nicht verdient zu haben – nicht etwa wegen der erbrachten Leistung, sondern wegen der Eigenschaften seiner hochwerten Person. Hier hat sich die Konkurrenzmoral psychologisch zum *Charakter* verfestigt. Der Mensch nimmt nicht mehr – falsch – Maß an der erbrachten Anstrengung, sondern läßt als Maß nur noch sich selbst und seine Einbildungen über den vorhandenen oder fehlenden Wert der eigenen Person gelten. Es ist fast so, als wollte er – in Anlehnung an Shakespeares Dogberry – sagen: »Erfolg ist eine Frage der Natur, Schönheit dagegen kommt von den gesellschaftlichen Umständen.«[29]

So oder so, mit intaktem oder angeknackstem Selbstbewußtsein bewährt sich der Mensch im Pflichtenzirkus der Gesellschaft, gerade wo der ihm in der Regel wenig Grund zur Zufriedenheit beschert. Er *affirmiert* in jedem Fall praktisch die Fehlurteile, die über die Gründe für den Gegensatz von Armut und Reichtum kursieren. Wer sich das Urteil zu eigen macht, die Ebbe in seiner Kasse liege letztlich an seiner fehlenden Leistungsbereitschaft oder -fähigkeit, entschuldigt die Verhältnisse, die für diese Ebbe verantwortlich sind.

Nur etwas radikaler gebärden sich jene Moralisten, die das falsche Urteil über die Ursachen von Erfolg und Mißerfolg teilen, aber sich mit dem sie betreffenden Befund nicht abfinden wollen. Sie verpflichten sich zu größeren Anstrengungen – innerhalb und ganz besonders außerhalb des Berufes. Dies nicht etwa, um den eigenen Kontostand aufzubessern, sondern um die Selbstachtung nicht zu verlieren. Bei der Bewältigung dieses aufreibenden Programms greifen sie auf ihr Selbstbewußtsein zurück. So erklärt sich, daß Menschen gelegentlich in donquichottesker Weise versuchen, gegen den selbst verfertigten negativen Befund über den eigenen Selbstwert anzukämpfen. Sie wollen *sich* etwas beweisen – was die materielle Qualität ihres Alltags nicht nur nicht verbessert, sondern gelegentlich sogar zusätzlich verschlechtert. Wer im Berufsleben den Nachweis führen will, daß ihm eine andere Stellung gebührt, daß »die das mit ihm nicht machen können«, daß er zu Unrecht nicht befördert oder gar entlassen worden ist, der liefert mit unschöner Regelmäßigkeit entweder unentgeltliche Mehrleistung ab oder macht sich direkt bei Kollegen und Vorgesetzten unbeliebt. Wenn er im Betrieb »die rechte Hand des Chefs« spielt oder auf dem Arbeitsamt den »Alleskönner« herauskehrt, dann verpaßt er damit vielleicht seinem Selbstbewußtsein ein paar Streicheleinheiten. Doch stehen diese im umgekehrten Verhältnis zur Honorierung seiner Bemühungen durch Firma und Amt.

Da geht es außerhalb der Arbeitswelt schon anders zu. Dort herrscht bekanntlich das Gesetz der Freiheit. Und so unterscheidet sich die Privatsphäre von der Arbeitswelt dadurch, daß der Mensch in ihr in eigener Verantwortung über die Erledigung, Verschiebung oder Nichterledigung von Notwendigkeiten entscheiden kann, besser: entscheiden muß. Hier darf er sich schon einmal etwas »leisten«, hier erlaubt er sich, gelegentlich über die Stränge zu schlagen. Was ihn in der Arbeitswelt die Stelle kosten kann, das hat er im Privatleben in der Regel ganz allein auszubaden. Es ist also kein Zufall, daß die Menschen gerade in den privaten Lebensbereichen Gelegenheiten entdecken, das an ihnen gesellschaftlich vollzogene und psychologisch fehlübersetzte Urteil zu korrigieren oder auch zu bestätigen. Das führt zu den schon erwähnten abstoßenden Vergleichereien, die allesamt ein *Ideal von Kompensation* verfolgen: Beim Trinken am Stammtisch, an dem es nur Siegertypen gibt, die sich darin überbieten, daß sie mehr, schneller, hochprozentiger und folgenloser schlucken können als der Rest. Im Geschlechtlichen,[30] in der Anlage von Vorgärten[31] oder bei der Verzierung von Automobilen mit Spoilern und Placebo-Handys lassen sich wahre Orgien an privater Selbstdarstellung feiern. Und als Krönung dieses Lebens gilt ein Eintrag ins Guinessbuch der Rekorde oder ein Auftritt in »Wetten, daß...!«. Die kleineren und größeren Niederlagen in der Konkurrenz werden dadurch nicht ungeschehen gemacht. Sie werden nicht einmal ausgeglichen. Dennoch darf diese Kompensationsbemühung nicht als gescheitert abgebucht werden. Denn sie hat ihr Maß gar nicht darin, sich gleichwertigen *Ersatz* für Lohn- oder Arbeitsplatzverlust zu verschaffen. Wenn die Familie den »Alten« anhimmeln und ihm parieren muß, wenn im Auslandsurlaub, wo das Selbstbewußtsein auch noch seine Nationaluniform anlegen darf, »die Sau 'rausgelassen« wird, dann ist dies für den Menschen der Beweis dafür, daß er etwas gilt. Und wenn die Politiker den eigenen Stand, dessen Dienste gerade einmal zum Eigenheim und zur Staublunge gereicht haben, zusätzlich hochleben lassen und auf seine Bedeutung für die Gesamtgesellschaft verweisen, dann kommt man mit diesem *eingebildeten Lohn*, für den ganz aparte Kriterien des seelischen Entgelts gelten, für die eigene Wohlanständigkeit schon ziemlich gut durchs Leben. Eines steht dabei fest: Es trennt sich hier der selbstgebastelte Befund über den Wert der Person endgültig von ihrer tatsächlichen Lage ab.

Für diese Mitmenschen stellen derartige *Anpassungsleistungen* nicht selten die letzten ihnen noch verbliebenen Waffen dar, die zur Kundgabe des Selbstwerts offensiv in Anschlag gebracht werden. Ist das Bild, das so ein Mensch von sich gefertigt hat, erst einmal komplett, dann soll mit ihm Eindruck geschunden werden. Folglich ist er es sich schuldig, das Selbstbild in seiner Umgebung demonstrativ zur Schau zu stellen und Respekt für es einzufordern. Wer es sich zur Gewohnheit gemacht hat, *sich selbst* etwas vorzumachen, der bildet schnell das Bedürfnis aus, auch *anderen* etwas vorzumachen.[32] Und wer auf die Lächerlichkeit verweist, die solche Veranstaltungen notwendig auszeichnet, der wird mit der Offensivkraft Bekanntschaft machen, mit der diese Unterwerfungsleistung antritt. So werden Saufwettbewerbe als Ehrfragen behandelt und dementsprechend schlagfertig ausgetragen. Wenn sich ein Mann von einer Frau gar Zweifel an seiner sexuellen Potenz anhören muß, dann ist die Ehre in ihrer sexistischen Gestalt, als Bezweifelung von Männlichkeit, verletzt, wofür schon der eine oder andere Mord begangen wurde. Daß bei dieser Sorte von Selbstwertbeweisen der Vergleichs*inhalt* nicht nur unappetitlich ist, sondern häufig aus jenem Rahmen von Sitte und Anstand herausfällt, der ansonsten in der Welt der erwachsenen »Psychos« gerade respektiert wird, verweist nur darauf, daß für den angestrebten Beweis der Überlegenheit in allen Altersgruppen dieser Gesellschaft, also nicht nur bei den inkriminierten Kindern und Jugendlichen, der Übergang zur Verletzung der gültigen Moralmaßstäbe angelegt ist.

Nie und nimmer saldieren sich die beiden Seiten dieser doppelten Buchführung über das eigene Leben *positiv*. Immer taugt diese Arbeit am Selbstbewußtsein letztlich nur dazu, daß der Mensch unter Zuhilfenahme seines psychologisch zugerichteten freien Willens erneut den Gang ins Büro oder zum Arbeitsamt antritt.

Psychologen schlagen Kapital aus dem gesellschaftlich produzierten Bedürfnis, sich über den *Selbstwert der Person* den Kopf zu zerbrechen. Sie haben das Urteil in die Welt gesetzt:

»Die Pflege des Selbstbewußtseins ist die erste Erfolgsbedingung«

Es soll also die psychologische Umgangsweise des Menschen mit Erfolgen und Mißerfolgen seine eigentliche *Erfolgsfähigkeit* ausmachen. Aus der Luft gegriffen ist dieses Urteil nicht. Denn wo Erfolg und Mißerfolg sich als Selbstwerturteile niederschlagen, da bedarf es nur noch der Verdrehung der Folge zum Grund, und der Befund ist fertig, daß es letztlich am Selbstbewußtsein und seiner Präsentation liegt, ob der Mensch in Schule und Beruf Erfolg hat. Eine ganze Alltagspsychologie hat sich inzwischen darauf gegründet: Ob dem Menschen die beidhändige Rückhand mißlungen, ob der Geschäftsabschluß in die Hose gegangen oder die Klassenarbeit in den Teich gesetzt worden ist, immer soll es an Selbstbewußtsein gefehlt haben. Als hinge alles, was der Mensch so treibt, nur davon ab, wie er zu sich selbst steht, wie fest er an seine Erfolgsfähigkeit glaubt! Inzwischen weiß jedermann, daß über Sieg und Niederlage »der Kopf«, d.h. die richtige Einstellung entscheidet. Wissen, Können, Qualifikation und selbst die Verfügung über gesellschaftlichen Reichtum schrumpfen zu Bedingungen, die zu vernachlässigen sind. Die Bedeutung der gesellschaftlichen Verteilung von Reichtum und Chancen für den privaten Erfolg wird bis zur Unkenntlichkeit relativiert.

Die Wissenschaft vom Seelenleben der Menschen entdeckt hier ein Feld, auf dem sie den Beweis ihrer praktischen Bedeutung erbringen kann. Inzwischen ist das *Training von Selbstbewußtsein* in so ziemlich allen gesellschaftlichen Bereichen ein Renner: Wie will man denn, reden Psychologen armen Würmern ebenso wie Managern ein, Erfolg haben, wenn man sich nicht als *Sieger fühlt* und dieses Gefühl zur *Schau stellt*. Hier wird unter wissenschaftlicher Anleitung der Selbstbetrug vollkommen: Gerade wenn bzw. weil man keinen Erfolg hat, soll man starkes Selbstbewußtsein ausstrahlen, das dann schon für Erfolg sorgt. In Trainingsprogrammen wird gelernt, wie man sich die Aura des »Erfolgsmenschen« zulegt. Übrigens muß der Trainer dazu gar nicht wissen, welche Sorte Ärger das Selbstbewußtsein angeknackst hat. Ob es sich um »Lernschwierigkeiten«, »Beziehungsprobleme« oder »Zukunftsängste« handelt, immer wird die »Stabilisierung der Persönlichkeit« als Heilmittel gepriesen. »Gut drauf sein«, »be happy«, »sei Optimist« heißen die Leitfäden, die den Leuten einreden wollen, daß eine *positive Stimmung* die *Lage* selbst zum Positiven verändere. Als ob ein Siegerlächeln oder die Beckerfaust auf dem Arbeitsamt Eindruck machen bzw. den Lehrer zur Korrektur einer »Sechs« veranlassen würden.

Daß es Sphären gibt, in denen diese Demonstrationen von Erfolgsfähigkeit nicht belächelt werden, sondern ziehen, darf nicht verwundern. Auf all jenen Märkten, auf denen neben Gebrauchswert und Preis auch der »gute Eindruck« zählt, den der Verkäufer und sein Etablissement auf den Kunden macht, da gehören Kurse über Menschenführung und Verkaufspsychologie bereits zum offiziellen Ausbildungsprogramm für die Belegschaft. Besonders dort sind sie zu finden, wo die Selbstdarstellung tätsächlich in den Befund über die Kreditwürdigkeit eingeht. Das Prinzip »Mehr Schein als Sein« ermöglicht in diesen Sphären den fließenden Übergang vom Selbst- zum Fremdbetrug.

Wer schließlich ganz fest daran glaubt, daß Erfolg eine Frage des Selbstbewußtseins, also der eingebildeten Erfolgsfähigkeit ist, der läßt nicht nur viel Geld beim Psychologen oder in der VHS, sondern leistet sich einen letztlich selbstzerstörerischen Idealismus. Wenn nämlich die Illusion, es sei der Glaube an die eigene Erfolgsfähigkeit, der die berühmten Berge versetzen könne, seine Bewährungsproben zu bestehen hat, weil die Welt der Konkurrenz sich einfach nicht nach solchen Einbildungen richtet, dann ist der Übergang in die Depression oder ähnliches durchaus an der Tagesordnung.

***

Die Pflege des Selbstbewußtseins, der Wunsch, von der Umwelt den Wert der eigenen Person bestätigt zu bekommen, und zwar getrennt von dem, was sie ist und wozu sie in der Gesellschaft herangenommen wird, taugt letztlich nur dazu, mit allen Einschränkungen, Beschädigungen, Zerstörungen, relativen Siegen und Sorgen um Zukunft, die der Kapitalismus seinem Menschenmaterial mehrheitlich bereitet, fertig zu werden; und zwar, ohne daß dabei die für ihn gültigen Regeln verletzt werden. Nun ist allerdings – und hier endet die Gemeinsamkeit zwischen dem psychologischen Treiben der Erwachsenen und dem der inkriminierten Jugendlichen – von einer solchen Anpassungsleistung bei den Heranwachsenden, um die es hier geht, weit und breit nichts zu sehen. Ein und dieselbe falsche Stellung zur Welt bringt also den praktischen Beschluß zur *Unterwerfung* unter mehr oder weniger unbekömmliche Ansprüche des Kapitalismus, aber auch den *Verstoß* gegen so ziemlich alle in ihm geltenden Auflagen hervor. Die amoralische und asoziale Variante, dem Geltungsbedürfnis Nachdruck zu verleihen, erklärt sich allerdings bei Kindern und Jugendlichen etwas anders als z.B. beim radikalen Konkurrenzmoralisten, der mit gezogenem Gewehr auf dem Arbeitsamt sein Recht auf Arbeit einfordert.

5. Warum werden Kids so radikal?

Wenn Erwachsene über das rohe Treiben der Kinder erschrecken und es zu einem neuen, völlig unbekannten Phänomen erklären, dann haben sie sich bereits eine vorsortierende Betrachtungsweise zugelegt. Denn fremd sind ihnen die radikalen Umgangsweisen, die beim Nachwuchs zu beobachten sind, nicht. Der Beschluß, die anerkannten und vorgeschriebenen Wege des Sichbehauptens für unzu- bzw. unerträglich zu befinden, sich von der Konkurrenz zu verabschieden, ist in der Welt der Erwachsenen ein durchaus bekanntes Phänomen. Es fällt allerdings ganz in den Bereich der *Kriminalität.* Wenn *Erwachsene* mit Hieb- und Stichwaffen gegeneinander vorgehen, wenn sie Kleidung entwenden, Telefonzellen demolieren oder Schutzgeld verlangen, dann ist das Körperverletzung, Diebstahl, Sachbeschädigung und Erpressung und fällt unter die Betreuung durch Polizei und Justiz. Bei *Kindern* und Jugendlichen dagegen heißt dasselbe Treiben »Jugendgewalt« und ruft nicht in erster Linie die Polizei, sondern Jugendforscher auf den Plan.

Das Erschrecken über kindliche Brutalitäten gilt also allein dem Umstand, daß sich *Unmündige*, noch nicht mit der Weihe gesellschaftlicher Reife, Verkehrs- und Strafmündigkeit ausgezeichnete Wesen in einer Weise aufführen, die bei ihnen noch nicht erwartet werden kann. Als die eigentlich skandalöse Besonderheit an der Jugendgewalt wird festgehalten, daß sich Heranwachsende, die noch gar nicht für den *Ernst des Lebens* vorgesehen sind, so aufführen, als hätten sie dort bereits einschlägige Erfahrungen hinter sich; als hätten sie den Beschluß gefaßt, die kriminelle Laufbahn einzuschlagen, wo ihnen jede Erfahrung mit den Tücken des legalen Gelderwerbs fehlt und ihnen noch nicht einmal die »kriminelle Mündigkeit« attestiert worden ist. Es ist, als müßten die Jugendforscher mitteilen, daß ihnen ihre Maßstäbe durcheinander geraten sind: Betrachten sie die *Taten* der Kids, dann kommen sie um den Befund nicht herum, daß es sich dabei um kriminelle Delikte handelt. Konzentrieren sie ihre Betrachtung auf die *Täter*, dann sagt ihnen ein Blick in die Gesetze, daß das Kriminelle in diesem Fall gar nicht kriminell, sondern deswegen ein Fall von jugendlicher Depravation ist, weil die Täter noch nicht darauf verpflichtet sind, für die Konsequenzen von Rechtsverstößen selbst voll einzustehen. Und wo infolge dieser Maßstabskonfusion die Sache als Abweichung von erwartetem Verhalten bestimmt ist, da liegt es auf der Hand, sofort ein Versagen jener Einrichtungen zu konstatieren, deren Aufgabe darin besteht, die Jugend auf den richtigen Weg zu bringen, also von Familie und Schule. Und ganz von der Hand zu weisen ist dieser Befund auch nicht. Allerdings kommt man dem wahren Kern der Sache nur nahe, wenn man sich vom Maßstab der Funktionierens verabschiedet und von Schuldzuweisungen Abstand nimmt.

Es stellt sich also die Frage, wie es zu erklären ist, daß sich bereits Kinder und Jugendliche Verkehrsformen zu eigen machen und sie zu »kriminellen Handlungen« radikalisieren, die doch ihren Ursprung in jenen sachlichen Zwängen dieser Gesellschaft haben, die – und das ist die letzte Besonderheit der Jugendgewalt – noch gar nicht *ihre Sache* sind.[33]

Dabei ist eines vorab festzuhalten: Jenen Übergang zur kriminellen Laufbahn, den Erwachsene beschließen, die sich in der eingerichteten Konkurrenz um Geld und Gut nicht adäquat bedient fühlen und den Rechtsverstoß in Kauf nehmen, um auf illegalen Wegen an die »Objekte ihrer Begierde« zu gelangen, vollziehen die Kinder nicht. Weder geht es ihnen bei ihren grenzwertigen Späßen um Geld und Gut, noch können sie aus Erfahrungen in der wirklichen Konkurrenz (Fehl-)Schlüsse gezogen haben. Denn über solche Erfahrungen verfügen sie noch gar nicht.

Kindheit heute

Das Treiben in dieser Gesellschaft, das Verrichten der in all ihren Sphären anfallenden Funktionen ist hierzulande die Sache von Erwachsenen. Die heißen auch nur deswegen so, weil sie sich qua staatlicher Definition als verantwortliche Subjekte in dem Rechte- und Pflichtenzirkus von Konkurrenz und Privatleben zu bewähren haben. Und zu den dafür nötigen Techniken, die sich aus ihrer jeweiligen Revenuequelle, der Arbeit, dem Boden und dem Kapital und deren Besonderheiten ergeben, gesellen sich noch all jene geistigen Bewältigungs- und Unterwerfungstechniken, die ganz in die Psychologie des bürgerlichen Individuums fallen. Während die erste Abteilung der Techniken dazu taugt, den Kapitalismus nach seinen Gesetzen zum Laufen zu bringen, so hängt an der zweiten Abteilung die Leistung, mit allen Einschränkungen der bürgerlichen Gesellschaft fertig zu werden, ohne dabei aus der Rolle zu fallen. So ist dafür gesorgt, daß dem Erfolg in Sachen Kapitalwachstum und Staatssouveränität wenigstens aus dem »Menschenmaterial« keine anderen Schranken als die seiner Natur erwachsen. All dies legt Zeugnis davon ab, wozu der freie Wille in der bürgerlichen Gesellschaft taugt und wie er es schafft, sich ihr anzupassen. Der freie Wille vollbringt die Leistung, »seine eigenen Voraussetzungen: Gefühl, Bewußtsein, Sprache, Verstand so einzurichten, daß er sich aufgibt«.[34] Der freie Wille nimmt auf diese Weise von sich Abstand. Hinfort erlaubt er sich die Freiheit nur noch *abstrakt*: Hierzulande ist es nämlich üblich, daß der freie Wille sich eher zurücknimmt, als daß er sich nach den Ursachen der Schranken für die Befriedigung seiner frei bestimmten Wünsche und Bedürfnisse erkundigt. Eher macht er die allgemeinen Anliegen wie Wachstum und Ordnung zum Maß der Erfüllung der eigenen, als daß er die Vernunft eines Produktionsverhältnisses in Zweifel zieht, in der es (Kapital- und Staats-)Reichtum nur auf der Grundlage von funktioneller Massenarmut gibt. Der freie Wille, der erfährt, daß er sich *getrennt* von den Mitteln zu seiner Realisierung zu betätigen hat, macht dies zur Richtlinie seiner Verstandestätigkeit und läßt sich alle möglichen Urteile einleuchten, die ihm bestätigen, daß es nicht anders geht, er es immer noch besser als dieser und jener getroffen hat, daß er selbst schuld ist oder nichts anderes verdient hat usw.

Kinder und – mit den entsprechenden Abstrichen auch – Jugendliche sind zu dem Auftrag, der den Erwachsenen in dieser Gesellschaft erteilt ist, spiegelbildlich definiert. Ihre gesellschaftliche und damit rechtliche Stellung ist durch die *Befreiung von der Verantwortung für die eigene Versorgung* gekennzeichnet. Damit sind sie selbst frei von jenen Rechten und Pflichten, die das Leben der Erwachsenen bestimmen. Ihnen sind die Rechte für ökonomische und politische Betätigung noch nicht eingeräumt, und ihre Pflichten halten sich – abgestuft – in den Grenzen von Familie, Schule und Straßenverkehr. Sie sollen sich erst zu tauglichen Staatsbürgern mausern, wozu dem Staat ein Verfahren am günstigsten dünkt, das sie von der Welt der Arbeit und der Politik fernhält, und das sie in Verhältnisse einbindet, wie sie historisch der bürgerlichen Gesellschaft vorausgegangen sind. Sie haben sich ohne jede Einspruchsmöglichkeit in die *persönliche Abhängigkeit* von Eltern und Lehrern zu fügen, die für ihre Behütung, für die Besorgung ihrer Lebensnotwendigkeiten und für ihre Belehrung zuständig sind. Eine eigene Sphäre, in der sie sich ihren Wünschen hingeben können, gibt es für Kinder – auch im eigenen Kinderzimmer – nur begrenzt. Durchgängig setzen die Erziehungsberechtigten den *Gehorsam* durch. Kinder, die gegen die für sie aufgestellten

Regeln verstoßen, werden von den Erwachsenen abgestraft – wohingegen die Erwachsenen bekanntlich vom »Leben« bestraft werden. In diesem Verhältnis werden die Kinder fit gemacht für eine Welt, in der sie sich unter adäquater Betätigung des *freigesetzten* Willens in der *sachlichen Abhängigkeit* vom Diktat des Privateigentums und der Ware-Geld-Beziehung zu bewähren haben. Wann sie reif und mündig sind, das ist praktischerweise unabhängig von ihrem Willen per Staatsgesetz festgelegt. Spätestens mit 21 Jahren ist jedermann für sich verantwortlich und wird für sein Tun voll haftbar gemacht. Es wird dann von ihm verlangt, daß er bei der Arbeit und auch sonst allen Pflichten nachkommt, und daß er sich der ihm eingeräumten Rechte in der Öffentlichkeit und in seiner Privatsphäre als würdig erweist.[35]

Kindheit heute weist nun einige Besonderheiten auf. Kinder übernehmen – wie dargestellt – aus der Welt der Erwachsenen alle bekannten Psychotouren, um dem Wunsch nach *unbedingter Anerkennung* ihrer kleinen Person Geltung zu verschaffen. Sie versuchen, sich diesen Wunsch in einem politischen Lebensalter zu erfüllen, das sich jedoch gerade durch ihre unbedingte Nichtanerkennung als geschäftsfähige Person auszeichnet. Es lebt die Radikalisierung kind- und jugendlicher Psychotäter damit von der *Gleichzeitigkeit unverträglicher Ansprüche*, die ihrer Raison nach ganz unterschiedlichen Lebensaltern zukommen. Kinder lernen heute in Familie und Schule die Moral der Erwachsenengesellschaft – und zwar gleich in ihrer psychologisierten Form –, noch bevor sie sich bevollmächtigt in jenen Feldern tummeln, für welche dieser Moralismus allein taugt. Familie und Schule erfüllen immer weniger die Bedingungen, die zur Schaffung eines stabilen Willenshaushaltes unerläßlich sind. Genau der ist aber gefordert, wenn Kinder sich in ihre gesellschaftliche Funktion als Kinder schicken und einen *umweltverträglichen Übergang in die Reife* vollziehen sollen. Das rächt sich. In Familie und Schule fällt das unterschiedlich aus:

Familie

In der Familie sind die Eltern die Subjekte der Lebensgestaltung ihrer Kinder. Die Sicherung der Lebensbedürfnisse der Kinder ist ganz von den Notwendigkeiten des Familienlebens und von der Moral der Eltern bestimmt. Die legen den Tagesablauf eines ganzen Lebensabschnitts von Kindern fest. Sie entscheiden über Essen und Trinken, über die Kleidung und Unterbringung ihres Nachwuchses nach Maßgabe ihres Einkommens, ihres Geschmacks und ihrer pädagogischen Urteile. Eine selbständige Verfügung über Geld, den Schlüssel zur Warenwelt, ist dem Nachwuchs nicht gestattet. Davon legt das Taschengeld Zeugnis ab, das weder nach Maßgabe kindlicher Kaufwünsche ausgehändigt wird, noch in kalkulierter Relation zum Einkommen der Eltern steht, sondern zumeist als Mittel zur Erziehung zum rechten Umgang mit Geld gedacht ist. Das Spielen wird nach Ort, Dauer und nicht selten auch nach Inhalt vorgeschrieben. Manchmal besorgen die Eltern die Auswahl passender Spielkameraden gleich mit. Eigene Wünsche darf man zu Weihnachten und am Geburtstag anmelden – womit über das Wünschen schon alles gesagt ist. Die Beanspruchung der Kinder bei der Erledigung von Familienpflichten ist davon unberührt und richtet sich nach Klassenzugehörigkeit, Familiengröße und den elterlichen Erziehungsprinzipien – sofern diese überhaupt eigenen Kriterien folgen. Wo die Wohnung es zuläßt, daß das Kind »sein eigenes Reich« besitzt, erschöpft sich dessen freie Nutzung in der Möbelanordnung und dem Wandschmuck. Entlassen werden die Kinder aus dieser persönlichen Abhängigkeit in der Familie nirgendwo.

Daß Willkür und Autorität der Eltern für das Kind *unbedingt* gelten, es so lange keine neutrale Beschwerdeinstanz für es gibt, wie die Familienordnung nicht die öffentliche Ordnung und Sozialmoral stört, ist auch dem Umgang mit dem Ungehorsam der Kinder abzulesen. Schon die Definition von Straftatbeständen spricht Bände. Denn nicht nur die willentliche Nichtbefolgung von elterlichen Vorschriften, sondern auch jede ungewollte, vielfach sich allein dem kindlichen Ungestüm und Ungeschick verdankende Beschädigung von Kleidung und Hausrat fällt darunter – was im übrigen nicht zwangsläufig aus einer knappen Haushaltskasse folgt, sondern einen falschen Umgang mit ihr darstellt.

Familienerziehung, die eher beiläufig die Spracherziehung und die Einführung in alle im weiteren Sinne zum Haushalt gehörenden Verrichtungen leistet, ist in ihren expliziten Abteilungen vor allem Moralerziehung. Und da diese Einführung in das, was sich gehört und was sich nicht gehört, ein einziger *Kampf* mit dem »unschuldigen« kindlichen Willen ist, rekrutieren sich die bevorzugten Erziehungsmittel aus dem Arsenal der Strafen und der Androhung von Liebesentzug.[36]

Wie nun das Familienleben *abläuft*, wie die Kinder sich in die Familienraison einfügen, wie sie ihre »Kinderrolle« ausfüllen, das hängt in erster Linie von dem ab, was Familie in der bürgerlichen Gesellschaft ist und zu leisten hat. Unterschiede ergeben sich aus den Veränderungen in den Einkommensverhältnissen, aus der Umgestaltung in der Rollenverteilung innerhalb der Familie und nicht selten aus den damit korrespondierenden *neuen Ideologien* über Kind und Familie, über den freien Willen und über das Selbstbewußtsein. Das heißt dann entweder Emanzipation oder Funktionsverlust der Familie. Ob die Familie sich mit dem Prädikat »intakt« schmücken darf oder ob sie »versagt« hat, das hängt ganz daran, wie Eltern mit allen »modernen« Anforderungen fertig werden.

Als »intakt« gilt jene Familie, in der die unbedingte Nichtanerkennung der kindlichen Person als gewohnheitsmäßige *Selbstverständlichkeit* gilt und das Familienleben bestimmt. Wo Kinder in Eltern oder Großeltern gar nichts anderes erblicken als die Autorität, der sie sich in allen Belangen zu fügen haben, wo sie dies als die natürliche Familienordnung – mehr oder weniger widerwillig – akzeptieren oder wo bei ihnen Zuneigung zu und Einrichtung in der persönlichen Abhängigkeit von den Eltern gar nicht geschieden sind, da darf es nicht verwundern, daß die Elternautorität als die Definitionsmacht für das Leben des Kindes von ihm wie eine Selbstverständlichkeit genommen wird, und die durchzusetzende Moral schon deswegen gilt, weil sie von den Eltern kommt. Wo also die klassische Trias aus *Betreuung, Moralpredigt* und *Strafe* – einschließlich der Prügelstrafe[37] – noch ihre Gültigkeit besitzt, da werden Kinder über ein eingespieltes System des Erlaubens und Versagens, des Belohnens und Bestrafens Schritt für Schritt zur »Reife« geführt. Da weiß der Heranwachsende früh, daß er nur dann die Leckerei erhält, wenn er mit dem »Danke« herüberkommt; daß ihm mit der Einschulung neue Pflichten erwachsen, die aber zugleich ein neues Dürfen freisetzen; und daß er mit dem 18. Lebensjahr zu neuer Verantwortung gereift ist, der er sich gewachsen zu zeigen hat.

Von dieser familialen Stabilisierung des Willenshaushalts der Heranwachsenden sind viele Familien heute weit entfernt. Sie gelten als »Versager«-Familien. Wo – und damit sind wir wieder beim Thema – Kinder in diesem Abhängigkeitsverhältnis zugleich mit dem Maßstab der psychologisierten Moral konfrontiert sind, daß jedermann nur das ist, als was er gilt, und soviel gilt, wie er zu Anerkennung kommt, da sind die Maßstäbe klassischer Erziehung in Unordnung geraten, da funktioniert die überkommene Methode der Gefügigkeitserziehung nicht mehr. Da gibt es dann Kinder, die erfahren ihr Leben allein als *negatives Abziehbild des Erwachsenendaseins.* Sie kennen nur einen Vergleichsmaßstab, nämlich jenen, der aus der dauerhaften Beschränkung oder Unterdrückung ihres kindlichen Willens resultiert. Und dieser Maßstab ist das *idealisierte Bild des Erwachsenen.* Kindsein heißt für sie nur noch: Du darfst nicht! Erwachsensein heißt: Du darfst verbieten! Selbst Verbieter sein wollen, gerät so zum Inbegriff von Sehnsüchten. Das – und nicht etwa wie Albert Schweitzer oder Florence Nightingale – möchte das Kind dringend werden. Es setzt dabei den Erwachsenenzustand fälschlicherweise gleich mit Stärke, Unabhängigkeit, Befehlsgewalt, Verfügung über Geld, Rechte, Anerkennung, Ruhm usw. Als Erwachsener, so geht die Logik dieses kindlichen Irrtums, darf man eben alles, was man als Kind nicht darf. Es bildet sich ein, es herrsche dann die vollständige Freiheit seines Willens: Dann darf man sich zur Wehr setzen, muß sich von niemandem etwas gefallen lassen, darf sich betrinken, in der Öffentlichkeit rauchen, Klamotten kaufen, so lange fernsehen wie man will, alleine verreisen usw.

Erst recht dort rächt sich die psychologisierte Moral, wo sie nicht etwa als Erziehungsmittel kalkuliert, sondern von den Eltern als Mittel ihrer Entlastung eingesetzt wird. So wird z.B. den Kindern eingeredet, sie seien doch *selbst schon groß;* sie könnten auf sich selbst aufpassen und auf die kleineren

Geschwister gleich mit; sie könnten sich doch bereits allein versorgen, allein ins Bett gehen, selbständig das Licht und den Fernseher ausmachen usw. Diese unwahrhaftige Beschwätzung der Kinder zur Erledigung von Familienpflichten – egal ob sie sich aus einer familialen Notlage begründen[38] oder aus dem Interesse von Erwachsenen, die einfach ihre Ruhe haben wollen – lebt von der offensiv vorgetragenen Lüge, die Kinder hätten schon das Zeug, dem Ideal des voll funktionstüchtigen erwachsenen Konkurrenzsubjekts gerecht zu werden.[39] Das wird nicht selten noch mit der Anerkennung oder Zuneigung verknüpft, derer solche Erwachsenen fähig sind: Wenn es lieb sein, sprich: die Zuneigung oder Anerkennung durch die Eltern erfahren will, dann, so versprechen sie dem *Kind*, muß es zeigen, daß es schon *groß*, also *kein Kind* mehr ist.

Dieses »Angebot« nehmen Kinder an, obwohl sich die provozierte Einbildung nicht einmal auf den Inhalt der elterlichen Aufforderung berufen kann: Denn das Kind wird zu allerhand Leistungen verpflichtet, die es gerade daran hindern, seinen kindlichen Wünschen zu folgen. Wer einkaufen oder abspülen soll, der hat eben weniger Zeit zum Spielen. Verlockend ist allein der damit verknüpfte Anspruch, man sei jetzt selbst jemand, der erlauben und verbieten darf, der Verantwortung trägt usw. So werden diese *Pflichten in Ansprüche auf kleine Freiheiten* verdreht. Dem Auftrag, den Einkauf zu erledigen, wird das Recht auf die freie Verfügung über Geld, und der Aufforderung, die kleinen Geschwister zu hüten, die Abtretung der elterlichen Befehlsgewalt entnommen.[40]

Der Schwindel fliegt schnell auf. Denn das Kind ist erstens nicht groß und kennt sich in der »Welt der Großen« noch nicht aus. Es verfügt zweitens nicht einmal über jenes kümmerliche Arsenal an Mitteln, mit dem die Erwachsenen sich mehrheitlich durchs Leben schlagen: ein Einkommen oder die Sozialhilfe, eine eigene oder gemietete Wohnung, Rechte und Pflichten, eine Stammkneipe, eine Stammpartei, eine Stammideologie usw. Und drittens soll es ja auch gar nicht wie ein Erwachsener agieren. Das fällt dem Kind sofort auf, wenn es den gemeinten Inhalt des moralischen Imperativs, sich gefälligst nützlich zu machen und die Erwachsenen nicht zu stören, mißversteht: Denn wenn es wirklich zu Bett geht, wann es möchte, wenn es mit dem sorgfältig abgezählten Haushaltsgeld nicht den Einkaufszettel oder die Pizza bezahlt, die sein Mittagessen darstellt, sondern sich vier Dinos, einen Schlagring und eine heiße CD kauft, dann erfährt es den Pferdefuß dieser »Erziehungsmaßnahme«. Als das Kind, das es ist, wird es zusammengestaucht. Denn es sollte gar nicht groß sein, sondern sich an bestimmte, ihm noch nicht geläufige *Erwachsenenregeln* halten, um sich damit *als Kind* selbst in die Pflicht zu nehmen. Sein ganz eigener Wille war herausgefordert und anerkannt worden, doch nur in der berechnenden Absicht, daß es sich fügt und von sich selbst Abstand nimmt. Sein Selbstbewußtsein wurde angefacht, nicht weil das Kind mehr gelten sollte, als es ist, sondern weil von ihm selbstbewußte Gefügigkeit verlangt wurde.[41]

Der Nachwuchs, der den Erwachsenenidealismus als Botschaft ernst genommen hat, bekommt dann mitgeteilt, daß er eben doch noch klein ist, und man sich auf ihn nicht verlassen kann. Das macht die Eltern dann »sehr traurig« und zu unkalkulierbaren Strafexperten. Und in der Familie wird es nicht gerade gemütlicher, wenn die Kinder aus dieser Dauerblamage den Schluß ziehen, daß »die Alten einen sowieso nur fertig machen wollen«. Das haben die zwar nicht vor, doch stellt sich dies dem Nachwuchs so dar, wenn er einerseits ständig schon »groß« sein soll, andererseits aber doch nichts von dem darf und/oder kann, was zum Großsein gehört. So liegt für nicht wenige Kids die Konsequenz nahe, sich selbst zu beweisen, daß sie wer sind, daß sie sich nicht fertigmachen lassen usw. – und zwar ohne die dafür gesellschaftlich erlaubten Mittel, über die sie ohnehin noch nicht frei verfügen.

Schule

Die Schulzeit gehört gleichfalls noch weitgehend in jene Lebensphase, in der die Befreiung von Reproduktionsnotwendigkeiten für die Herstellung ihrer Reproduktionstauglichkeit den Kindern die persönliche Abhängigkeit von pädagogischen Zuchtmeistern beschert. Die Schule stellt eine *Pflichtveranstaltung* dar, der sich für neun bis zehn Jahre niemand entziehen kann. In ihr haben sich Kinder und Jugendliche als Schüler zu bewähren, die der Amtsautorität des Lehrers unterstellt sind. Der ist nicht nur der Organisator der schulischen Lernkonkurrenz, sondern darin zugleich Inhaber der Erziehungsgewalt. Nach Maßgabe des Schulrechts übt er sie aus. Er betätigt sich als Herr über Verlauf, Inhalt, Methode und Resultate des staatlichen Erziehungsprozesses. Er setzt Klassen zusammen, bestimmt Stunden- und Lehrplan, begrenzt die Lerndauer, gibt die Methoden vor, mischt sich mit Hausaufgaben in die schulfreie Zeit ein, kontrolliert die pünktliche Anwesenheit, verlangt Entschuldigungen bei Absenz, vergibt Noten und entscheidet über Versetzungen mit allem, was an ihnen jeweils hängt. Die Freiheit, die dem Schüler eingeräumt wird, liegt in der Entscheidung über sein Pausenbrot und über das Ausmaß an Anstrengung, mit dem er sich den Unterrichtspflichten widmet – und selbst da mischen sich gelegentlich die Eltern mit ihrer Aufsichtspflicht zusätzlich maßgebend ein.

Nicht nur weil nun einmal die Schule der Sache nach zunächst ein Gegensatz zum Spielen ist, sondern vor allem weil die Schule das Lerninteresse von Kindern nur akzeptiert, wenn es nach Inhalt und Dauer in den Lehrplan paßt und sich für das schulische Sortierungsanliegen benutzen läßt, sind die Kollisionen zwischen dem Willen der Schüler und den Anforderungen der Schule für die bürgerliche Lernanstalt konstitutiv. Deshalb verfügt der Lehrer über ein Arsenal von *Strafen*, mit denen er die Schüler zu ihrer Pflicht »überredet«, am Unterricht aktiv teilzunehmen und auch ansonsten die Schulordnung zu beachten.

Wie nun das Schulleben *abläuft*, wie Schüler sich auf die Schule einlassen und sich in sie einfügen, wie sie die »Schülerrolle« ausgestalten, das hängt auch in diesem Fall primär an dem, was Schule in der bürgerlichen Gesellschaft ist und was sie an den Schülern durchsetzt. Unterschiede ergeben sich aus modifizierten gesellschaftlichen Anforderungen und ihrer ideologischen Begleitmusik. Das heißt dann Schulreform.[42] Letztere liefert das Material für pädagogische und didaktische Konjunkturen. Und immer dann gerät die Schule in besonders negative Schlagzeilen, wenn sich neue Anforderungen nicht mit eingespielten schulischen Verfahren vereinbaren lassen beziehungsweise wenn sich etwa die Resultate der letzten Schulreform an neuen gesellschaftlichen Ansprüchen brechen, die an die Schulabsolventen gestellt werden.

Dabei gilt allgemein jene Schule als Ideal der besonders *ordentlichen* Schule, als *Hort der gültigen Moral*, in der dem Schülerwillen nicht einmal ideell eine Alternative zur Identifikation mit den Schulpflichten zur Verfügung steht, in der es in dieser Lebensphase für geradezu naturgemäß gilt, eigenen Regungen nicht zu folgen, sofern sie nicht zur Schulordnung passen. In ihr wird der Lehrer als Einheit von Amt und Person respektiert, für Bestrafungen keinerlei Begründung gefordert. Aus ihr wird also die Ideologie vom Gegensatz zwischen Erziehung und Strafe ferngehalten, die Moralerziehung der Familie fortgesetzt, durch das System der Schulstrafen komplettiert und über die Lebenskarriere *abhängig* von der Schulkarriere befunden.

Als *fortschrittlich* gilt sie allerdings nicht, und die Regel ist diese Schule heute auch nicht mehr. Das liegt an der Schule selbst und an Maßstäben, mit denen sie konfrontiert wird: Wo dem Schülerwillen nämlich außerhalb und innerhalb der Schule zugleich noch ein anderes Angebot gemacht wird, als sich folgsam dem Sittenkodex der Schule unterzuordnen, wo ihm von Lehrern mitgeteilt wird, daß er – obwohl Kind und Schüler – doch auch schon seine Rechte hat, und ihm ein »Tag des Kindes« gewidmet wird; wo die Differenz zwischen Schülerwille und Schülerpflichten anerkannt ist, in die pädagogischen Überlegungen eingebaut wird und damit in das Selbstverständnis der Schüler Eingang findet, wo zudem Schul- und Arbeitsmarktkarriere immer mehr auseinandertreten, da kommen Schüler auf die Idee, auch die Schule für ihre privaten Anerkennungsinszenierungen zu benutzen. Und die stoßen in der Schule von heute nicht nur auf einen Strafkatalog, sondern zugleich auch auf Verständnis. Sie treffen sich nämlich – zum einen – mit modernen Erziehungsprinzipien, welche die *Funktionalisierung des freien Willens für die Unterordung* unter das Anliegen der Staatsschule entdeckt haben und kultivieren wollen.

Die *moderne Schule* hält sich bekanntlich viel darauf zugute, die alte Schule mit ihrem Paukunterricht und ihrer Strafpädagogik überwunden und durch freieres, mit- und selbstbestimmtes Lernen ersetzt zu haben. Schüler werden nicht mehr mit der Androhung von Karzer und Stockschlägen zum Lernen genötigt, sondern *motiviert.* Sie dürfen sich an der vorsortierten Auswahl des Lernstoffs beteiligen, sich an Projekttagen sogar gänzlich lehrplanfremdem Lerngut widmen, dürfen in bestimmten Unterrichtssequenzen ihre Meinung frei äußern und ihre Kritikfähigkeit unter Beweis stellen. In die Notengebung geht in engen Grenzen das Urteil über die Art und Weise, wie der Schüler sein Versagen verarbeitet, mit ein. Das Äußere ist ohnehin lockerer geworden. Der Stuhlkreis löst die Sitzreihen ab, der Klassenraum darf nach Schülerwünschen geschmückt werden, und es gibt Klassensprecher, Schülervertretung und Vertrauenslehrer. Gelegentlich beschließen Lehrer sogar, daß es ihrer Autorität nicht abträglich, sondern vielleicht sogar dienlich ist, wenn sie sich von den Schülern duzen lassen, wenn sie die engere Beziehung zu ihrer *Person* erlauben, damit die Schüler dann dem Träger des *Amtes* weniger Schwierigkeiten bereiten.

Dieser ganze moderne Motivationszirkus kürzt sich darauf zusammen, die *Pflege des Selbstbewußtseins als Erziehungsmittel* einzusetzen. Die Schulpflicht soll ihre Schrecken verlieren und als Interesse des Schülers neu auferstehen.[43] Demokratische Pädagogen von heute legen großen Wert darauf, daß ihre Zöglinge sich aus freien Stücken der Schule unterordnen. Sie sind davon überzeugt, daß sich der Lernprozeß reibungslos und effektiv vollzieht, wenn der Lernende von der Notwendigkeit des Lernvorgangs überzeugt ist oder gar an ihm ein Interesse hat. Sie wissen, daß jedes Lernen, das sich nur dem Druck der Strafe beugt, nicht an der Sache selbst interessiert ist – was bekanntlich am Lernresultat sichtbar wird und angeblich nicht mit der Erziehung zum demokratischen Bürger zusammenpaßt. Da sich gründliche Überzeugungsarbeit nun allerdings mit den schulischen Auflagen nicht verträgt, wird kräftig an der *Fiktion* gearbeitet, die Schüler seien die Subjekte ihres eigenen Lernprozesses, seiner Bedingungen und seiner Resultate. Disziplinierung soll dabei gar nicht abgeschafft, sondern durch *Selbstdisziplinierung* ersetzt werden. Weswegen sich alle diese Motivationskunststückchen in der Ansprache des Schülerwillens als reine *Berechnung* erweisen, die in der Regel schnell durchschaut wird. Die Versicherung des Lehrers, es komme ihm ganz auf den Schülerwillen an, lebt nämlich letztlich von der »Einsicht« der Schüler in die unhinterfragbaren Notwendigkeiten der Schule. Fehlt es daran, dann ist der Rückgriff auf die Strafe für den Lehrer, der es »lange genug im Guten(!)« versucht hat, fällig.

Es enthält diese Form der Benutzung des Schülerwillens aber ein Moment der *Unberechenbarkeit.* Der Schüler, der seinen freien Willen hofiert sieht, zugleich aber permanent bemerkt, daß er ihn nur zur Selbstdisziplinierung einsetzen soll, es auf ihn also gerade *nicht* ankommt, der weiß sich *betrogen* um die in der Schule versprochene Anerkennung seines Selbst. Immer dann, wenn er diesen pädagogischen Schwindel ernst nimmt, wird er darauf gestoßen, daß er weder über Unterrichtsinhalte, noch über Unterrichtserfolg, weder über Unterrichtsdauer, noch über Pausengestaltung ernsthaft ein Wort mitzureden hat, kurz: daß die Schule mit ihren Ansprüchen gar nicht dafür eingerichtet ist, ihm die Bedingungen und Mittel für seine Selbstdarstellung zu liefern. Alle Kompetenz liegt bei der Schule und ihren Funktionären. Die haben das erste und das letzte Wort, auch wenn das erste Wort aus einer Einladung zur Äußerung des Schülerinteresses besteht. Und je mehr so ein Schüler, der sich seine Geltung zum höchsten Anliegen gemacht hat, davon überzeugt ist, daß seinem Bedürfnis in diesem Laden die versprochene und berechtigte Anerkennung versagt wird, desto weniger läßt er sich von der Ordnung der Schule und der Autorität ihrer Funktionäre beeindrucken.

Den Schulverantwortlichen gilt dies sofort als Mißbrauch der schulisch gewährten Freiheiten zur Selbstdarstellung. Kinder, die das Beweisanliegen in die Schule tragen, daß sie schon wer sind und zwar im Unterschied zu anderen, daß sie auf jeden Fall »größer«, stärker und zu mehr Anerkennung berechtigt sind, und die dies rücksichtslos gegenüber den Regeln der Anstalt praktizieren, kollidieren mit der *Erziehungsgewalt*. Die ordnet diese Vorhaben der Schüler als Jugendgewalt ein, behandelt sie als *Störung* von Schule und Unterricht und versucht, sie zu unterbinden. Das gelingt bekanntlich nur in dem Maße, wie Schüler sich überhaupt noch dem Schulzweck unterwerfen. Die Kollisionen eskalieren dort, wo Schüler die Schule nur noch als Ort betrachten, an dem sie sich die Bestätigungen für ihr Selbstbewußtsein abholen.

Kein Wunder, daß unter solchen Bedingungen die beliebten Strafverfahren, den Schülern mit *Nachteilen in der Lernkonkurrenz* zu drohen, immer weniger verfangen: Wieso soll einen Schüler, der mit der Schulkonkurrenz abgeschlossen hat, die Bestrafung mit einer Fünf oder Sechs denn »jucken«? Der Aberwitz einer Schulbestrafung durch Ausschluß von der ohnehin ungeliebten, immer weniger als Notwendigkeit akzeptierten Schule verfängt ohnehin kaum noch: So passiert es, daß Schüler, die vor die Tür geschickt werden (»time-out« heißt das jetzt), nicht um die Erlaubnis betteln, wieder am Unterricht teilnehmen zu dürfen, sondern zum nächsten Supermarkt marschieren, sich dort bargeldlos bedienen und dann in der Pause den Mitschülern vorzeigen, worauf es im Leben wirklich ankommt! Nein, nicht auf Teilnahme am stofflichen Reichtum, von dem sie als Schulverlierer lebenslang ziemlich ausgeschlossen sein werden, sondern auf die *Gleichgültigkeit gegenüber Tabus und Strafen*. Das macht den tollen Typ aus, dem man es abnimmt, wenn er dem Lehrer ankündigt, er werde ihm demnächst die »Fresse polieren«. Als tolle Kerle und Mädels wollen sie gerade dadurch gelten, daß sie sich um Schule und Lehrer nicht scheren. Gegen das Schulprinzip machen sie ihre eigene Hierarchie auf, setzen sie mit Gewalt bei Mitschülern durch und scheuen auch nicht davon zurück, sich mit dem Lehrer körperlich zu messen, der die Ersetzung seiner Hierarchie durch ihre nicht dulden kann. Ihr Selbstbewußtsein lebt von der Anerkennung, die ihnen dabei durch ihre Mitschüler zuteil wird.

***

Resümieren wir: Daß Kinder den Kult des Geltungsbedürfnisses in so besonders radikaler und amoralischer Weise praktizieren, hängt an den heutigen Bedingungen von Kindheit. Kinder, die sich in Schule und Familie mit dem aus der heutigen[44] Erwachsenenwelt abgekupferten Bedürfnis nach Anerkennung ihrer überlegenen Persönlichkeit betätigen, kennen bei sich selbst keine aus den Notwendigkeiten eigener Daseinsfürsorge resultierenden Grenzen ihres Tuns. Es ist gerade ihre Entlastung von jeglicher Reproduktionsverpflichtung, die ihnen die Illusion gestattet, sie könnten sich ihre Behauptung als knallharter Typ ganz frei von jeder aufs Funktionelle berechneten Kalkulation leisten. Zudem hat die berechnende Hofierung des Selbstbewußtseins des Nachwuchses in Familie und Schule selbst Einzug gehalten. Kinder werden aufgefordert, sich wie Erwachsene zu benehmen, Verantwortung zu übernehmen, sich durchzusetzen, sich selbst als Subjekt ihres Kinderschicksals zu wähnen, obwohl sie von den dafür notwendigen Mitteln und Rechten, Pflichten und Auflagen noch getrennt sind.[45]

Schlußendlich erklärt sich jetzt auch der *Zynismus* dieses Radikalismus. Schüler, die auf die eine oder andere Weise ausrasten und dabei zusätzlich auf jede Kalkulation der Folgen für sich selbst und für andere verzichten, die »total cool« bleiben, *parasitieren* daran, daß sie noch *keine selbstverantwortlichen und strafmündigen Erwachsenen* sind. Die Freiheit von jeglicher Reproduktionsverpflichtung erleichert es den jugendlichen Rohlingen, die Konsequenzen ihres Tuns, die Strafe in Schule und Familie, die Konfrontation mit der staatlichen Ordnungsmacht und dem Jugendheim »cooler« wegzustecken als Erwachsene, die »Familie haben«. Jede Bestrafung gilt ihnen zunächst nur als eine momentane Einschränkung ihres Tatendrangs. Weder die Wohnung noch die Kleidung, weder Essen noch Trinken, weder Freunde noch Verwandte hängen daran. Den Verlust des Einkommens muß so ein Jugendlicher nicht fürchten, da er noch keines bezieht. Und was später kommt, kommt später – so sehr hat er sich an die Sicherheit gewöhnt, daß die Eltern bis zum letzten Tag der gesetzlichen Sorgeverpflichtung und darüber hinaus für ihn einstehen.

Es lebt also die radikalisierte Selbstbewußtseinspflege dieser Jugendlichen paradoxerweise davon, daß sie jeder ernsthaften Bewährungsprobe ihres

Selbstbewußtseins in der bürgerlichen Welt enthoben sind. Und ihr ganz in der unbedingten Geltung ihres Überlegenheitsanspruchs aufgehender Wille zehrt davon, daß ihnen das Programm des abstrakt freien Willens der bürgerlichen Gesellschaft noch gar nicht abverlangt wird.

Deshalb kann es auch nicht verwundern, wenn Empiriker herausgefunden haben, daß sich die Jugendgewalt im Alter legt. Das allerdings beruhigt diejenigen, denen diese Botschaft übermittelt wird, wenig. Denn zum einen stört die politischen Verwalter von Jugendfragen gerade das aktuelle Treiben des Nachwuchses. An der Erörterung von entwicklungspsychologischen Theorien sind sie nicht interessiert. Immerhin verpassen sie der Jugend jene »Entwicklung«, welche anschließend von Psychologen oder Soziologen in einen ziemlich natürlichen Gang von Reifung verfabelt wird. Und zum anderen wissen sie, daß der Jugend von heute noch weniger als ehedem der Arbeitsplatz, das Einkommen und die sozialstaatliche Risikovorsorge garantiert werden. Sie trauen also den tröstlichen entwicklungssoziologischen Prognosen schon deshalb nicht, weil sie selbst die klassischen Stabilisatoren für ein geordnetes Leben, in welchem die Notwendigkeiten der Daseinsfürsorge dem Menschen ganz neue Kalkulationen aufnötigen, immer mehr verknappen. Vielmehr machen sie sich ihre eigenen Sorgen.

Kapitel 2
Die öffentliche Debatte: Erneuerung der Volksmoral – wegen der Ordnung

Die Art und Weise, wie sich Öffentlichkeit und Politik der Jugendgewalt annehmen, ist ein Gegenstand für sich. Ihre in Frageform vorgestellten Beschwerden und Dementis, ihr Erschrecken und ihre Entschuldigungen sind nicht von der Absicht getragen, sich in einen »wissenschaftlichen Diskurs« einzuklinken. Vielmehr nehmen sie Maß am politischen Ideal eines Nachwuchses, der folgsam die Vorgaben der pädagogischen und politischen Ordnungsstifter erfüllt und der sich keinen anderen Daseinszweck vorstellen kann, als sich auf jeden in dieser Gesellschaft von ihm verlangten Dienst vorzubereiten. Politiker, denen die Jugendgewalt unangenehm auffällt, brauchen keine Kenntnisse der Psychologie, um ihre Zuständigkeit für ein nach ihren Vorstellungen geordnetes Gemeinwesen gleich in ihre Diagnose einfließen zu lassen. Und ohne auch nur die Spur eines Begriffs von dem zu haben, was sich abspielt, wissen sie aus ihrem politischen Interesse heraus, daß dann langsam Schluß sein muß mit der Hofierung des Selbstbewußtseins der großen und kleinen Bürger, wenn es sich von den eingerichteten Wegen entfernt. Der Politik ist so etwas nicht Anlaß für Seelenforschung oder soziologische Kritik. Wo sich die Praxis der Selbstwertpflege von der gültigen Moral verabschiedet, da heben sich für sie die Grenzen zwischen einer wissenschaftlich zu erforschenden Sache ›Jugendgewalt‹ und dem der Justiz zu übergebenden Sachverhalt ›Jugendkriminalität‹ schnell auf. Politiker wissen, daß gegen Verstöße der bekannten Art deutlich vorgegangen werden muß. Sie wissen aber auch, daß sie Teile der Jugend nicht einfach einsperren können.

Was sie nun im einzelnen gegen Jugendgewalt empfehlen, ob sie eine Debatte über neue Ansprüche an die Jugend anzetteln oder ob sie das Urteil über die um sich greifende Jugendkriminalität sofort praktisch umsetzen, ob sie das Volk an gültige Maßstäbe erinnern oder gleich die Delinquenten unter polizeiliche Kuratel stellen, das ergibt sich eben nicht allein aus der *juristischen* Einordnung, sondern hängt auch von dem *politischen Stellenwert* ab, den sie der Jugendgewalt als *Störung ihres Gemeinwesens* beimessen.

Ordnung als Maßstab

Wenn Spiegel, Stern und andere Illustrierte die Jugendgewalt mit Serien würdigen, ihre Zunahme akribisch beschreiben,[1] Waffenarsenale, die bei Schülern gefunden worden sind, abbilden, US-amerikanische Zustände an die Wand malen und jugendliche Lümmel zu Wort kommen lassen, bei denen es jedermann gruseln soll, wenn die über die Kunst, anderen das Nasenbein zu brechen oder ein Messer in die Rippen zu bugsieren, so reden, als würden sie den nächtlichen Fernsehfilm beschreiben, nicht aber ihre eigenen Taten; wenn die professionellen Jugendverwalter der Nation vom Versagen der Erziehung in Schule und Familie reden, an dem natürlich »die Gesellschaft« – gemeint sind »wir alle« – immer auch ein wenig Schuld hat; wenn dann noch in Parlamentsdebatten, Regierungserklärungen und hochkarätig besetzten Talkshows diese Randale von Heranwachsenden zum einen mit »Links- und Rechtsextremismus«, mit Hooligans und Punks, mit »Computerkids«, »sinnentleerten« Technomassenfeten und einer angeblichen Sektenanfälligkeit der heutigen Jugend verrührt und zum anderen mit der Mafia, den Drogenhändlern und allem anderen, was unter »beängstigender Zunahme von kriminellen Gewalttaten« läuft, zu einer drohenden Apokalypse vermengt wird, dann kann man sicher sein, daß das Thema »Jugendgewalt« nur noch als *Ordnungsproblem* verhandelt wird. Was da auf Schulhöfen oder in Freizeitheimen abläuft, das interessiert allein unter einem Gesichtspunkt: Hat die deutsche Jugend den Respekt vor staatlichen und anderen Autoritäten eingebüßt? Gerät das friedliche und prosperierende deutsche Gemeinwesen aus den Fugen, weil das *Gewalttabu*, eine Grundlage dieser Republik, vom Nachwuchs nicht mehr geachtet wird? Ist mit dieser deutschen Jugend noch ein geordnetes Staatswesen möglich?

Gewalt stört Ordnung

Schon liegt der Zusammenhang zwischen der Mafia, prügelnden Schulkindern und Baghwanverehrern, wie die politische Öffentlichkeit ihn herstellt, auf der Hand: Sinn- und Werteverlust bei der Jugend bringt Autoritätsverlust hervor. Deswegen scheut sie nicht vor Gewaltanwendung zurück. Das greift die Grundlagen des deutschen Staates mit seiner stabilen Ordnung an – wie man an Italien sehen kann. Da sei das Kruzifix vor!

Der dabei an junge Deutsche angelegte Maßstab läßt an Klarheit nichts zu wünschen übrig: Sie haben sich »in der Jugend« gehorsam auf ihre *funktionelle Rolle* in der Gesellschaft vorzubereiten. Dies und sonst nichts ist ihre Aufgabe als Kinder und Jugendliche. Dies und sonst nichts ist der Auftrag an Familie und Schule. Und dieser Maßstab ist so unerbittlich, daß bereits Massenfeten, ins Internet verliebte Schulkinder und schwarzbemalte Grufties als Beleg dafür gelten, daß eine Umwertung aller Werte zu »einem Zerfall der jungen Generation«[2] führt. Warnend wird darauf verwiesen, daß

Chaos und Anarchie bei den Kids einen positiven Beiklang habe, das Böse verehrt werde, Gewalt Vergnügen bereite und das Ego so hoch im Kurs stehe, daß deswegen jede »soziale oder institutionelle Bindung« abgelehnt werde.

Diesem Ordnungsstandpunkt sind die Sachverhalte selbst, an denen er sich festmacht, gleichgültig. Der Roheit der Taten von Schulkindern, dem Schmerz, den sie anderen Jugendlichen bereiten, der Gleichgültigkeit gegenüber dem Willen und dem Interesse der Opfer, den Erfolgsmaßstäben der kleinen Schläger und der Rücksichtslosigkeit der Täter gegen sich selbst gilt die öffentliche Aufregung nicht. Ins Bild gesetzte Verwahrlosung und Brutalisierung der Verkehrsformen zwischen Kids taugen nur als *Anschauungsmaterial*, dem immer dieselbe Botschaft entnommen werden soll: Hier steht die Ordnung unserer Gesellschaft auf dem Spiel! Wenn sich die Kinder auf dem Schulhof prügeln, wenn sie unter Androhung von Schlägen »Schutzgeld« fordern, über Anhänger eines konkurrierenden Fußballclubs herfallen oder mit Waffen renommieren, dann fühlen sich ganze Politikerriegen, die Erziehergewerkschaft und sonstige Ordnungskräfte immer gleich mit verprügelt.

Dabei ist die öffentliche Debatte deutlich von Heuchelei geprägt. Denn jene, die in der »Jugendgewalt« einen Skandal erster Ordnung erblicken, sehen z.B. in den neuen Asylbewerberabschiebegesetzen und ihrer Umsetzung mit Zwangsabschiebung, Abschiebegefängnissen und dem Elend der Abgeschobenen eine – selbstredend »leider« – notwendige Selbstschutzmaßnahme der Nation[3] und bewerten die Karlsruher Erlaubnis, mit deutschem Militär überall auf der Welt »Frieden stiften« zu dürfen, als eine längst überfällige Freiheit für deutsche Außenpolitik. Ihre Aufregung gilt, wie nicht anders zu erwarten, der Gewalt, die sich Bürger – in diesem Fall sogar erst werdende – *unbefugterweise* herausnehmen. Deshalb machen Übertreibungen für sie Sinn: Ihnen soll der ordnungsliebende Bürger entnehmen, was von seiner vertrauten und geliebten Umgebung alles durcheinander geraten kann, wenn an der eingerichteten Ordnung gerüttelt wird.

Nun steht »die Ordnung« in Gesellschaft und Staat wirklich nicht auf dem Spiel. Die Dramatisierungen sprechen für sich: Als ob die kapitalistische Gesellschaft kurz davor sei, sich in Scharmützel zwischen egoistischen Gruppierungen aufzulösen! Dabei trauen die Klageführer der Familie, der Schule und den Staatsorganen zugleich zu, das drohende Chaos und den galoppierenden Werteverfall aufzuhalten. Auch sind die Schulen keineswegs leer. Daß Schüler randalierend und brandschatzend durch die Vorstädte ziehen und ihrer Schulpflicht nicht mehr nachkommen, ist nicht bekannt. Auffällig werden diese Schüler *in* der Schule. Und wenn sie den Lehrern »Disziplinprobleme« bereiten, dann haben sie sich – wenigstens der Form nach – erst einmal der Schulpflicht unterworfen. Auch in der Schule ist die alte Hierarchie noch nicht außer Kraft gesetzt. Weder setzen Schüler ihre Lehrer ab, noch funktionieren sie die Schulen gegen den Willen der Schulleitungen in selbstverwaltete Diskos um. Wenn Lehrer sich darüber beklagen, daß ihr Arsenal an Disziplinierungs- bzw. Motivierungsinstrumenten nicht mehr greift, dann gilt ihr Interesse eben der *Befestigung* der *gültigen Schulhierarchie*.

Die Debatte malt also eine Gefahr an die Wand, die für die öffentliche Ordnung nicht besteht. Anlaß zur Entwarnung ist das nicht. Denn zum einen ist eine ungefährdete Ordnung nichts anderes als die erfolgreiche Durchsetzung einer Gewalt, die als rechtens gilt, deswegen aber nicht weniger Unheil anrichtet. Zum anderen verweisen solche Überzeichnungen immer auf Ansprüche der Politik an den Bürgergehorsam, die nichts Gutes ahnen lassen. Das erschließt sich näher, wenn die Logik der Überzeichnung freigelegt wird:

■ Zum öffentlichen Skandal geraten diese Verrohungen, weil an ihnen zunächst eine *Abweichung* vom staatlich gebotenen Verhalten festgestellt wird. Mit der Charakterisierung als Gewalttat gilt die Sache bereits als in ihrem Wesen getroffen. Dies steht vor der ausführlichen Auseinandersetzung mit ihr fest und erklärt sich allein aus dem angelegten Betrachtungsmaßstab. Der geht von dem Befund aus, daß die Sache in ihrem Kern jeweils das ist, woran sich die politische Öffentlichkeit stört. Und störend ist für sie der Verstoß von Jugendlichen gegen Prinzipien der Klassengesellschaft. Als Gewalt gilt jeder Verstoß gegen das geschützte Privateigentum, die Nichtanerkennung staatlicher Autorität und die Gleichgültigkeit gegenüber vorgeschriebenen Verkehrsformen in der Konkurrenz.

■ Diese »Jugendgewalt« wird im nächsten Schritt *hochgerechnet*, indem Wirkungen erfunden werden, denen umfassende Abstraktionsleistungen zugrunde liegen. So gibt es das Urteil, daß gleich die Ordnung jener Einrichtung, in der die Regelverletzung zu beobachten ist, in Frage steht und folglich *das Funktionieren* der Schule bzw. gleich der deutschen Schule gefährdet ist. Dieser ersten Hochrechnung folgt die zweite auf dem Fuße: In ihr werden jugendliche »Gewalttäter« vorgestellt, die als Erwachsene immer noch denselben brutalen Unfug treiben. Und schon wird aus dem Schulskandal eine sich anbahnende *gesellschaftliche* Katastrophe: »Wenn die später auch so um sich schlagen, dann ist das Abendland in Gefahr!«, lautet die Logik dieses Verfahrens. Sie hat sich vollends von ihrem Ausgangsmaterial emanzipiert und vertritt nur noch den polizeilichen Standpunkt, demzufolge »allen Versuchen (!), das nur dem Rechtsstaat zustehende Monopol legitimer physischer Gewalt auszuhöhlen, mit Entschiedenheit« begegnet werden muß, wie es in der Präambel des sogenannten Gewaltgutachtens der »Unabhängigen Regierungskommission« heißt, das sich ausführlich auch mit Jugend- und Schulgewalt befaßt.[4] So steht letztlich bei jedem Angriff eines Schülers auf einen Mitschüler, der ihm »dumm gekommen ist«, immer auch die Staatsraison zur Debatte, und bei jeder Prügelei im Freizeitheim fühlt sich mindestens Herr Kanther herausgefordert. Für Autoren wie W. Schäuble ist die Jugendgewalt bereits der Hinweis darauf, daß »uns« nicht erst in ferner Zukunft eine Katastrophe droht, sondern daß sie sich längst ereignet hat: Denn er rechnet nicht allein von einer aktuellen Jugendgewalt auf die Zukunft des Gemeinwesens hoch, sondern macht für sie einen angeblich längst durchgesetzten »Abbau überlieferter Werte ... und klassischer christlicher Tugenden wie Nächstenliebe, Opferbereitschaft, Treue, Pietät, Wahrhaftigkeit« verantwortlich: »Daß unter solchen Bedingungen auch Autorität (bei der jüngeren Generation) schwindet, liegt auf der Hand.«[5]

Volksmoral auf dem Prüfstand

Beklagt wird also weder der besondere Fall von Roheit bei Kindern und Jugendlichen, noch das Vorkommen von Gewalt überhaupt in der Gesellschaft. Vielmehr wird an allen möglichen Formen von »Jugendgewalt« die Verletzung eines Prinzips festgestellt, des *Prinzips der absoluten Gültigkeit der staatlichen Autorität.* Und dieser Prinzipienverstoß ist bereits die ganze Störung der öffentlichen Ordnung. Die mag in ihrer tatsächlichen Wirkung zu vernachlässigen und als Angriff auf das Gewaltmonopol sogar lächerlich sein. Doch dient sie den professionellen Beobachtern der Ordnung allemal als Gradmesser für die Stellung der Bürger zu Anstand und Pflicht: Sie entnehmen ihr den Zustand der *Volksmoral.* Der gilt deswegen die Aufmerksamkeit von Öffentlichkeit und Politik, weil sie Auskunft gibt über die Bereitschaft des Volkes, sich nach staatlichen Vorgaben und nach Maßgabe staatlicher Verteilung von Rechten und Pflichten, also *freiwillig*, in der Gesellschaft nützlich zu machen oder wenigstens nicht störend aufzufallen. Wenngleich demokratische Politiker nicht wissen, was es mit Moral auf sich hat, und dies auch nicht wissen müssen,[6] so zehren sie doch von ihr und sorgen dafür, daß sie im Volke intakt ist. Und in der Tat können sie sich der Bürger um so sicherer sein, je mehr letzteren das Kunststück gelingt, sich ganz frei alle staatlichen Auflagen als mehr oder weniger gelungene Bedingungen für die Verfolgung ihrer berechtigten privaten Interessen zurechtzulegen. Wenn die lieben Mitbürger schließlich sogar den Verzicht auf jedes wirksame Mittel zur Verfolgung eigener Interessen für einen Beweis ihres *Pflichtgefühls* und ihrer *Treue* zur Nation halten, dann verfügen Staatsmänner eben nicht nur über das Monopol der Gewalt, sondern können es mit Unterstützung der Bürger staatsdienlich einsetzen, statt ständig mit Teilen des Volkes darum zu kämpfen – was es in diesen Breitengraden durchaus auch einmal gegeben hat.[7]

Der vermittels lautstarken Katastrophengeschreis publizierte, tatsächlich gemeinte politische Befund über die Jugendgewalt heißt also: *»Um die Moral der Jugend ist es schlecht bestellt!«* Deswegen kann es nicht verwundern, daß in allen Debatten »gewalttätige Jugendliche« nur als eine Facette in einem stattlichen Szenario neben Aussteigern und Öko-Kommunen, Teufelsanbetern und Gurufreunden, Punks und Hooligans, Ravern und Computerfreaks auftauchen, und daß sogar »organisierte Kriminelle« und Drogenhändler, rechte »Extremisten« und linke Castordemonstranten, Arbeitsimmigranten und Asylbewerber mit ihnen in einem Atemzug genannt werden. Alle diese Zeitgenossen gelten darin als auffällig, daß sie aus eigenem Entschluß heraus ein besonderes privates Anliegen verfolgen, das, unabhängig davon, ob es offiziell verboten ist oder nicht, ob es wirklich die öffentliche Ordnung stört oder nicht, als Abweichung von jenen Betätigungen registriert wird, mit denen sich der ordentliche Staatsbürger für die politischen und ökonomischen Affären seines Landes nützlich zu machen hat. Und eine frei gewählte Willensäußerung – egal wie harmlos und albern sie auch sein mag – kann dabei selbst dann auffällig werden, wenn sie sich noch ganz im Privaten betätigt. Letztlich wird damit eine übertriebene Freiheitsausübung festgestellt, die auf mißverstandene Freiheitsrechte zurückgeführt wird, welche ihrerseits mit einer *falschen Großzügigkeit bei der Freiheitsgewährung* erklärt werden.[8] Da werden Politiker selbstkritisch und sehen sich zur Abhilfe herausgefordert.

So erklärt sich das Sammelsurium von Verdächtigen: Ein Punk signalisiert dem Politiker durch sein Äußeres – unabhängig davon, was ihm durch den Kopf geht –, daß er sich unterscheiden, auffallen, separieren will, daß er sein »Ego überbetont« und »dem Hedonismus frönt«, daß er also nicht so ohne weiteres in der nationalen Solidargemeinschaft mitmachen will! Der Computerfreak unterscheidet sich für einen Wächter der Volksmoral vom hochdotierten Computerspezialisten dadurch, daß er ein Freak ist, eine »Mißbildung«, »anormal«, ein »ausgeflippter Typ«, den er deswegen verdächtigt, seine Kenntnisse zu benutzen, um Chaos in Datennetzen zu stiften, statt in ihnen zum Zwecke des nationalen Wohls tätig zu werden. Der Baghwan-Anhänger und Teufelsanbeter, der sein Bedürfnis nach Sinn alternativ befriedigen möchte, zeichnet sich dieser Verdachtslogik zufolge durch den Entschluß aus, der offiziellen staatsfrommen religiösen Moral eine Absage zu erteilen.[9] Die Raver, die trotz der emphatischen Beteiligung an Techno-Feten durchaus nicht Schule oder Lehre sausen lassen, sind suspekt, weil sie diese Freizeitbeschäftigung wie eine Droge konsumieren. Und Aussteigermentalität kann ohnehin nicht geduldet werden. Sich den Pflichten eines Bürgers entziehen – wenn das Schule machen würde!

Dabei ist keine der Gefahren so real, wie sie der politische Verdacht formuliert. Punks sind – leider – keine staatsfeindlichen Hedonisten, sondern geltungsbeflissene Bürgerschrecks, deren »hedone« sich auf Haarstyling, Rattenbetreuung und Sauforgien reduziert. Computerfreaks sind selten chaosversessene Hacker, sondern zumeist in ihr Gerät verliebte Zeitgenossen, die mit seinen »Möglichkeiten« mehr angeben, als sie chaotisierend zu benutzen. Die »Sekten«-Angehörigen sind keine neuen Kreuzzügler gegen Kirche und Staat, sondern vom herrschenden Glauben enttäuschte Gotteskinder. Raver bringen mit ihrer Bedürfnishierarchie die gesellschaftlich gültige nicht durcheinander. Und Aussteiger verkörpern nicht den ersten Schritt zum Kommunismus, beten nicht den »Götzen Materialismus« an, sondern wollen getrennt von der Welt mit sich selbst ihren Frieden finden – was einen ziemlich amaterialistischen Standpunkt zur Voraussetzung hat.

Festzuhalten ist, daß von den politischen Tugendwächtern in der Tat bereits jeder etwas aparte Lebensstil als *Freiheitsmißbrauch* gedeutet und als Gefährdung der Volksmoral, folglich der öffentlichen Ordnung vorgestellt wird. Die Zeiten, in denen die 68er nicht nur als Staatsfeinde verteufelt, sondern selbst von etablierten Parteien dafür gelobt wurden, Anstöße zu notwendigen Gesellschaftsreformen gegeben zu haben; in denen jede neue Erfindung von Künstlern nicht nur als Verschwendung von Steuergeldern, sondern auch als Beweis für die Freiheitlichkeit unserer Demokratie eingeordnet wurde, und in denen Hippies nicht nur der Untergrabung der Sexualmoral verdächtig waren, sondern durchaus auch als Verkörperung des anerkannten Ideals privater Glückssuche öffentlich begutachtet wurden, sind einer neuen politisch-moralischen Einseitigkeit gewichen.

Mit Moral gegen eingebildete Freiheiten

Was Öffentlichkeit und Politik in ihrer ordnungsbeflissenen Art dabei zur Kenntnis nehmen, wenn sie diese Jugend betrachten, ist die bei ihnen aus dem Ruder gelaufene psychologisierte Moral.

Wie sie dies zur Kenntnis nehmen, ist davon unterschieden: Die Beschwerden gelten allein dem *Fehlen von Moral.* Sie registrieren eine Verletzung von Sitte, Anstand und Ordnung, sie konstatieren, daß sich die Jugend zuviel herausnimmt, zuviel will, ohne der Gesellschaft Dienste zu leisten. Entsprechend fallen die Konzepte zur Erneuerung der Moral bei der Jugend aus. Die Rückkehr zu elementaren Werten wie Ordnung und Gehorsam, Dienst und Gemeinschaft, Opferbereitschaft und – das neue Synonym dafür: Solidarität – werden angemahnt. Denn nur jenes Individuum gilt ihnen als Verkörperung des intakten Bürgers, das sein privates Streben ganz mit den Ansprüchen der Gesellschaft in Einklang bringt, das folglich Tugend lebt, das Dürfen als Wollen und die Pflicht als Freiheit begreift.

In der Bekämpfung der Jugendgewalt setzen Politiker also auf die Moral als *integrative Produktivkraft.* Weder eine Verschärfung des Jugendknastes und die Einführung des Jugendarbeitsdienstes, noch die Installierung von Polizeiaufsicht in der Schule und Herabsetzung der jugendlichen Strafmündigkeit stehen derzeit auf dem Programm der regierenden Politiker. Zwar finden derartige Vorschläge Eingang in die Debatten. Sie stehen jedoch allein für die Dringlichkeit einer Erneuerung elementarer Moralerziehung. Politiker sehen im übrigen, daß beim weiteren Anstieg der Arbeitslosigkeit die »Probleme mit der Jugend« eher zu- als abnehmen werden. Eine flächendeckende, die Jugend mit Arbeit und Freizeitheimen versorgende Sozialpolitik ist längst passé. Moral ist billiger zu haben. Wird sie befolgt – rechtsradikale Übertreibung ist auch nicht erwünscht –, dann ist es in Ordnung. Wird sie nicht befolgt, wird man Exempel statuieren müssen. So sehr man weiß, daß die Jugend den Nachwuchs für Deutschland verkörpert, so ist man sich auf der anderen Seite doch auch sicher, daß daraus kein allumfassender Versorgungsanspruch folgt. Denn: In Zukunft werden selbst Teile der Jugend für deutsche Belange *nicht mehr gebraucht.*

Was die Politiker freilich damit von der Moralerziehung fordern, ist nichts anderes, als die Moral von ihren »luxuriösen« psychologischen Umsetzungen zu befreien. Ohne einen Begriff davon zu haben, entdecken sie am gehätschelten, weil in der Regel funktional eingesetzten Kult des Selbstbewußtseins und der Selbstdarstellung die Differenz zwischen der Einschwörung der Bürger auf ihre Pflichten und einem Angebot an den freien Willen, sich als das Subjekt seiner Umstände zu wähnen, das sich durch die Zurichtung seines Verstandes und seiner Gefühlswelt höchst individuelle Wege der Bewährung in seiner Welt zurechtbasteln darf. Sie deuten auf die Differenz zwischen einer zur *Moral erhöhten Pflicht* und einer *Pflicht, die sich als Bewährungsprobe für das moralische Individuum begreift*, als wüßten sie, daß die zweite Verlaufsform nicht vor Mißbrauch sicher ist. Wenngleich es der Sache nach immer nur um die freiwillige Erledigung von vielfach unbekömmlichen Pflichten geht, so steht tatsächlich im ersten Fall die Pflicht selbst im Zentrum des geistigen und praktischen Treibens. Wohingegen im zweiten Fall ein distanziertes Verhältnis zwischen Selbstbefund und Pflichten eingerissen ist – was ihre Erledigung nicht immer fördert. Bekanntlich gibt es nicht nur jene Fälle, in denen der Mensch beschließt, seine Selbstwertbeweise der erfolgreichen und/oder anständigen Erledigung seiner Arbeit zu entnehmen. Die selbstzweiflerische Frage, ob das Selbst auch zu den Aufgaben taugt, die ihm obliegen, ist ebenso bekannt wie die Umkehrung dieses Zweifels. Wer sich das Problem macht, ob die Welt eigentlich seinem Selbst gerecht wird, leistet sich eine noch etwas radikalere Relativierung seiner Pflichten im Namen der Psychologisierung des freien Willens. So war das mit dem Selbstbewußtsein aber nie gemeint, geben Politiker zu Protokoll, die auf einer Rückkehr zur elementaren Moral insistieren: *Selbstbeschränkung* hieß der Auftrag für das Selbstbewußtsein. Von einem Auftrag zur Inszenierung von Selbstwertbeweisen, also einer Aufforderung zum Mißbrauch von Rechten und Freiheiten, ist nie die Rede gewesen.

Die politische Klage über den Verlust der elementaren Moral und die Forderung nach ihrer Erneuerung richtet sich der Natur der Sache nach erst einmal an Eltern, Lehrer und Pfaffen. Theorien und Konzepte liefern *Pädagogen.*

Kapitel 3
Die pädagogische Debatte: Primat der Erziehung – für die Erneuerung der Volksmoral

Die Politisierung des Themas »Jugendgewalt« durch die öffentliche Debatte hat die pädagogischen Wissenschaften auf den Plan gerufen. Wo »die Jugend« nicht so spurt, wie die Politik sich das vorstellt, wo Familie und Schule für mitschuldig erklärt und zugleich für die Schadensregulierung verantwortlich gemacht werden, da wachen Pädagogen auf, hören überrascht, daß sie wieder gefragt sind und gehen an die Arbeit. Einige, wie die »Jugendforscher« um W. Heitmeyer, haben in einer Art vorauseilenden Gehorsams schon seit längerem vor der »Orientierungslosigkeit« der Jugend gewarnt und »Orientierung« empfohlen.[1] Es scheint, als kündige die Flut der Arbeiten zum Gegenstand »Jugendgewalt« eine neue, zweite Renaissance der Erziehungswissenschaft nach 1945 an – allerdings mit gänzlich umgekehrten Vorzeichen. Nahm der erste Aufschwung der Pädagogik im Gefolge der Studentenbewegung von 1968 Maß an der – wenngleich idealistischen, jedoch vom Wunsch nach Aufhebung einer indoktrinären Verschulung geleiteten – Frage, inwieweit durch Erziehung die Gesellschaft »emanzipatorisch« und »antiautoritär« zu verändern sei, so folgt der heutige Aufschwung einem regierungsamtlichen Auftrag, die Jugend moralisch zur Ordnung zu rufen, ihr staatsdienliche Orientierung zu geben, alte Werte zu reaktivieren und überhaupt für Disziplin zu sorgen. Nicht selten wird der aktuelle Erziehungsauftrag offen als Reaktion auf die angeblich immer deutlicher werdenden Verfehlungen der 68er vorgestellt[2] und der Erziehungswissenschaft in Anlehnung an den Titel eines Kongresses konservativer Schulkreise von 1970 empfohlen, wieder mehr »Mut zur Erziehung« zu zeigen. An vorderster Front dieser Bewegung profilieren sich etliche »Altlinke«.[3] Sie ziehen sich den Schuh an, der ihnen von Kohl, Schäuble & Co. hingestellt wird, und fühlen sich durch den Vorwurf, antiautoritäre Erziehung habe die zunehmende Haltlosigkeit der Jugend auf dem Gewissen,[4] sogar noch in ihrer alten Illusion bestärkt, Erziehung könne gesellschaftliche Verhältnisse tatsächlich grundlegend verändern. Sie schwören alten Idealen ab und versprechen, fortan an der Front der Gegenagitation tätig zu werden.

Kurz und gut, die Erziehungswissenschaften zeigen, daß sie auf dem gewünschten Kurs sind, und bemühen sich, der Politik zu Diensten zu sein

– natürlich aus rein *pädagogischen* Motiven.[5] So findet sich der politische Befund bzw. Auftrag als Gegenstand rein wissenschaftlicher Erörterung in den einschlägigen Disziplinen wieder. Seine Behandlung folgt dabei ganz der Logik dieser Wissenschaften. Bewußter Opportunismus ihrer Vertreter muß dabei gar nicht im Spiel sein: Zum einen, weil zahlreiche Pädagogen schon immer vor einem »Werteverlust« gewarnt und sich die rhetorische Frage gestellt haben: »Kann Pädagogik ganz ohne Werte auskommen?«;[6] zum anderen, weil Pädagogen keine Gelegenheit auslassen, ihrem in aller Bescheidenheit vorgetragenen Wahn zu frönen, daß letztlich ohne die Erziehung keines der dringenden gesellschaftlichen Probleme gelöst werden kann.

In drei Schritten soll hier die pädagogisch-psychologische »Übersetzung« der politischen Debatte nachgezeichnet werden. Auf die Kritik der wissenschaftlichen Erörterung des Befundes folgt die Darlegung der pädagogischen Rezepte gegen Jugendgewalt, an die sich die Debatte des aktuellen »Erziehungsbegriffs« und der Werteerziehung anschließt.

1. Jugendgewalt – pädagogisch aufbereitet

Gewalt – eine Definitionsfrage

Ihre geistige Untertänigkeit stellt die Pädagogik bei der Auseinandersetzung mit dem Thema ›Jugendgewalt‹ sofort unter Beweis. Sie schließt sich der allgemeinen Weigerung an, die Sachverhalte anders denn als Ausbruch von Gewalttätigkeit zu begreifen. So wird etwa dann, wenn Kinder unter Androhung von Schlägen anderen das neue Fliegerblouson wegnehmen, oder »geil« darauf sind, andere zu verprügeln, weil sie sich danach »echt stark« fühlen, nicht kritisiert, nach welchem Kriterium sich Schüler heutzutage vergleichen, nicht der Inhalt ihrer Angeberei und deren Herkunft unter die Lupe genommen, sondern stets allein Gewalt konstatiert. Wie gehabt: Auch für diese Wissenschaft ist ihr Gegenstand das, woran sich die staatlichen Behörden stören, nämlich der bereits im zarten Kindesalter zu beobachtende Verstoß gegen das Privatgewalttabu und deren Auswirkungen auf das Schulleben.[7]

In der Regel schließt sich an die Darstellung von Vorkommnissen, die alle irgendwie etwas mit »Jugend« und »Gewalt« zu tun haben, ein Definitionsabgleich an, der die Klage über die Vieldeutigkeit des Gewaltbegriffs ausbreitet. Erst stellen Pädagogen und Jugendforscher allenthalben Gewalt bei der Jugend fest, dann fragen sie sich, ob es sich dabei tatsächlich um Gewalt handelt. Wie das? Sie scheinen das Dilemma selbst zu sehen, in das sie sich mit einer Dramatisierung der Lage begeben. Einerseits möchten sie einen pädagogischen Aufbruch mit neuen Erziehungsanstrengungen und -programmen einleiten. Andererseits begründen sie dies mit einem Szenario, das dem allgemeinen Verstande zufolge eher nach Polizei und Justiz als nach

Erziehung schreit. Für eingefleischte Ordnungsfanatiker stellen sich nämlich sofort Fragen der folgenden Art: Sind für solche Gewalttaten in der Schule nicht die staatlichen Gewaltapparate zuständig? Sind die Erzieher nicht ohnehin überfordert, wenn sich die Aufsässigen gelegentlich sogar gegen sie selbst wenden?

So erschrecken die Vertreter der pädagogischen Konkurrenz von Polizei und Gerichtswesen vor den Konsequenzen, die die selbstverfertigte Dramatisierung des Gegenstands nahelegt. Das darf natürlich nicht sein, daß die Erziehung, die sich gerade an ihrer neuen Bedeutung delektiert, zugunsten von Polizei und Justiz gleich wieder abtreten muß. Deren Einsatz, befinden diese pädagogischen Gewaltgegner, kann nur der allerletzte Ausweg sein. Vorher ist Polizeiarbeit mit pädagogischen Mitteln zu erledigen und Prophylaxe zu betreiben.

Erziehung als Polizeiersatz

Und prompt wird in ausgedehnten Problematisierungen darüber gemutmaßt, ob es mit der Gewalt wirklich so schlimm steht und ob es gerechtfertigt ist, alle aufgezählten Phänomene unter »Gewalt« abzulegen, zumal der Gewaltbegriff eine bedenkenswerte »semantische Uneindeutigkeit«[8] aufweist. Die wiederum – behaupten z.B. Mansel/Hurrelmann – liege gar nicht an einem Mangel der Definition, sondern in der Natur der Sache. Denn Gewalt sei gar »keine ontische Qualität einer Handlung«![9] Das ist nun allerdings eine gewagte Behauptung. Für sie hätten die Verfasser eigentlich einen Backenstreich verdient, wenngleich zu vermuten ist, daß auch dessen spürbare »ontische Qualität« sie nicht vom Gegenteil überzeugt hätte. Ihr Argument lautet nämlich: *»Es existieren keine eindeutigen Kriterien, die es erlauben, eine klare Grenze zwischen gewalttätigen und nicht gewalttätigen Handlungen zu ziehen. Das heißt, es ist möglich, ein Verhalten X in der Situation S als Gewalt zu definieren, während es in der Situation R nicht als Gewalt interpretiert wird.«*[10] So werde z.B. das »gemeinsame Sitzen vor einem Kasernentor« als Gewalt angesehen, das »gemeinsame Sitzen im Park« jedoch nicht! Entscheidend sei, *»wie die Handlung im Rahmen eines Aushandlungsprozesses (!) von Akteur und Reakteur definiert (!) wird und welche Machtpotentiale den jeweiligen Parteien zur Verfügung stehen, um ihre Handlungsdefinition durchzusetzen«.*[11]

Wovon reden diese Wissenschaftler? Reden sie von den Schwierigkeiten ihrer Erkenntnistätigkeit oder fällen sie Urteile über die Eigenart von Mächten, die ganz nach ihrem Interesse Gewalttaten zu verbotenen oder erlaubten Aktivitäten erklären? Oder sollten sie gar das eine mit dem anderen verwechselt haben? In der Tat besteht jede staatliche Gewalt auf ihrem Monopol bei der Definition, Identifikation und Abstrafung von Gewalttaten. Sie nimmt sich die Freiheit, als Gewalt zu »definieren«, was ihre Ordnung stört, und solche Taten als Mittel der Ordnungsstiftung zu preisen, die durch den Rechtsstaat gedeckt sind. Daher ist die Welt voll gewalttätiger Maßnahmen, die nicht als Gewalttaten »definiert« sind, weil sie von einer Staatsgewalt »durchgesetzt« werden, die ihre Macht eben nicht nur zum Definieren einsetzt. Daß es deswegen überhaupt keine gewalttätigen Handlungen gibt, alles eine Definitionssache ist, das können nur Wissenschaftler behaupten, die die *praktische* Sortierung nach erlaubtem und verbotenem Tun durch die politische Gewalt zum – methodisch überhöhten – Maß ihrer *geistigen* Sortierungsarbeit erklären. Ihr theoretisches Prinzip lautet: Gewalt liegt nicht etwa dann vor, wenn bei der Durchsetzung eines Interesses auf einen entgegengesetzten Willen keinerlei Rücksicht genommen wird, er vielmehr durch Zufügung oder Androhung von Schäden, die Bereitung von körperlichen Schmerzen eingeschlossen, gebrochen wird. Gewalt liegt vielmehr nur vor, wenn eine Macht oder ein zweifelnder Jugendforscher eine unerwünschte Tat als Gewalttat definiert, oder wenn sie nach einer »intersubjektiven Vereinbarung»[12] als solche gilt und »durchgesetzt« wird.

Auf diese verquaste Weise, die auch noch als kritisch und reflektiert gilt, reklamiert die Pädagogik ihr Interesse, auf jeden Fall für die Jugendgewalt zuständig zu sein. Deswegen nimmt sie sich die Freiheit heraus, die »Gewalt in der Schule« so zu definieren, daß dies nicht *»den Interessen herrschaftssichernder Einrichtungen wie der Polizei entgegenkommt. ... Wichtig ist festzuhalten, daß nicht alle im Bereich der schulischen Interaktion als Gewalttaten identifizier- und definierbare Aktionen notwendig Gegenstand des Strafrechts sein müssen und nicht nur (!) mit Mitteln des Strafrechts bekämpft werden können«*.[13] Diese »Definition« folgt explizit nicht den Bestimmungen der Sache, um die es geht, sondern dem Interesse, das mit ihm verfolgt wird. Das Prinzip der geistigen Auseinandersetzung mit der Jugendgewalt, das bereits im politischen Bereich offenkundig geworden ist, hat hier seine erste pädagogische Realisierung erfahren. Mit ihr wird ein schönes Geständnis abgelegt: Die Pädagogik entdeckt für sich eine Chance, im Umgang mit der »neuen Jugendgewalt« den Einsatz von Polizei und Strafrecht *überflüssig* zu machen. Damit erklärt sie über dieses Definitionsgewürge etwas ganz offen zu ihrer Aufgabe, was zwar schon immer zur Erziehung gehörte, jedoch gerade in der neuen Pädagogik nur hinter ideologischen Vernebelungen zu entdecken war: Sie unterwirft den Nachwuchs einem Katalog von – mit gültigen Normen und Werten verzierten – Vorschriften und Regeln, deren erfolgreiche Aneigung der Polizei und Justiz Arbeit abnehmen soll.

Damit hat sich die »semantische Uneindeutigkeit« aufgelöst. Und es ist später nur noch der Nachweis zu erbringen, »daß der Schule eine Fülle von Mitteln zur Verfügung steht, um der Sachlage selbst (!) Herr (!) zu werden«.[14] Eine Überantwortung »der Sachlage« an staatliche Ordnungsmächte kommt für die Pädagogik – vorerst wenigstens – nicht in Frage. So werden die

Jugendlichen theoretisch dem Zugriff der Polizei entzogen und unter die geistige Obhut der psychologischen Pädagogik gestellt.

Aggressionstheorien: Psychologisierung statt Kriminalisierung

Auf die Reklamation des Gegenstands per Definition folgt seine nähere theoretische Zurichtung, die ihn als erzieherisch *behandelbaren* Fall vorstellt. Eingestiegen wird mit der Behauptung, bei der Jugendgewalt handele es sich um Fälle von Aggressivität.[15] Die einschlägigen »Vergehen« werden zu aggressivem Verhalten, zu Belegen für Aggressionen im Kindes- und Jugendalter erklärt. Und die sind, wie man weiß, allein einer pädagogisch-psychologischen Behandlung zugänglich.

Die Ordnungsverstöße stellen sich jetzt als das Resultat der Äußerung von Eigenschaften der Heranwachsenden dar, die in unterschiedlicher Intensität zum Tragen kommen. Einschließlich der Durchsortierung dieser Eigenschaften nach gut und böse ergibt sich der folgende Befund über die Jugendverrohung: Die böse Eigenschaft, die Aggressivität, überwiegt die guten Eigenschaften im Menschen, die als Triebkontrolle wirken. Gedacht wird dabei (fast) in medizinischen Kategorien: Wo das Immunsystem, sprich: die Moral, versagt, da ist der Mensch für allerlei Krankheiten, sprich: für aggressives Verhalten, anfällig.

Für die Konstruktion eines solchen Bildes sind einige theoretische Fehlleistungen nötig: Die Pädagogen haben mit der Behauptung, hier sei kindliche Aggressivität am Werke, nicht etwa ein schlichtes Synonym für die Bezeichnung ›Gewalttat‹ eingeführt, sondern – in aller Regel begriffslos, weil für sie beides dasselbe ist – eine neue Behauptung aufgestellt. Fließend ist bei ihnen der Übergang von der Konstatierung einer *Gewalttat* zur Identifizierung einer *aggressiven Einstellung* oder *Potenz* beim Täter, die dafür verantwortlich sein soll.

Dabei liegt bei unvoreingenommener Betrachtung der Schluß vom Merkmal einer Tat auf die Eigenschaft von Personen keineswegs auf der Hand. Pädagogen bzw. Psychologen würden sich auch hüten, ähnliches über jene Uniformierten zu behaupten, die mit dem Schlagstock auf einer Demonstration gegen die PKK, gegen Punks oder Neofaschisten ihres Amtes walten. Dort, wie in allen anderen Fällen, in denen ihnen der Einsatz der Gewalt einleuchtet, weil sie die Gründe für den Einsatzbefehl, folglich den Auftrag der »Gewalttäter in Uniform« akzeptieren, stehen die Eigenschaften von Personen allenfalls unter einem Gesichtspunkt auf dem Prüfstand: Sie müssen den Anforderungen des (Polizei-)Amtes genügen. Schlägt derselbe Ordnungshüter allerdings zu Hause seine »bessere Hälfte«, dann ist für sie wieder die Aggressivität am Werke. Dann gelten alle von diesem Mann vorgetragenen (schlechten) Gründe nicht als solche, sondern als »Rationalisierungen«, die nur verbergen, was seine wahren Triebkräfte sind. Jede *Kritik* an seinem

Verhalten erübrigt sich folglich. Der Mann muß – so oder so – *behandelt* werden.

Ob eine Gewalttat die Äußerung von aggressiven Menschen ist oder aus dem begründeten Willen eines Menschen bzw. aus der politischen Raison jenes Staatsamtes folgt, der der Mensch zu Diensten ist, das entnehmen diese Wissenschaftler weder der Tat, noch – wie es ihrer Logik entsprechen würde – einer Analyse des Aggressionsprofils des Täters. Diese Unterscheidung ergibt sich aus ihrer eigenen politisch-moralischen Einstellung zur Tat, die – im Fall der hiesigen Pädagogik – ziemlich deckungsgleich ist mit dem gesellschaftlich geforderten Anstand.

Beweise muß der Aggressivitäts-Befund nicht erbringen. So selbstverständlich ist den Humanwissenschaften inzwischen das Urteil, daß »abweichendes Verhalten« kaum dem Verstand eines Menschen entsprungen sein kann, der seiner Sinne mächtig ist. Längst haben sie sich den menschlichen Verstand theoretisch so zurechtgelegt, wie die Politik ihn praktisch gerne hätte. Und wo dennoch Beweise verlangt werden, da wird in aller Regel auf die Tat selbst verwiesen. So entsteht eine zirkuläre Argumentation, die von der Tat auf ein menschliches Triebwerk schließt, das für sie verantwortlich sein soll, und zum Beweis der Stimmigkeit des Schlusses nur auf die Tat selbst verweisen kann. Es wird also die inkriminierte Tat gar nicht als die Äußerung einer aggressiven Potenz vorgeführt. Dazu müßte nämlich nicht nur die selbständige Existenz dieser merkwürdigen Innerei ausgewiesen, sondern darüber hinaus gezeigt werden, daß sich in der Schlägerei wirklich nur jene verborgene Potenz äußert, die für die Grobheiten der Kinder verantwortlich gemacht worden ist: die Aggressivität.

Daß diese menschliche Eigenschaft weder für sich nachgewiesen noch korrekt erschlossen worden ist, verweist keineswegs auf einen noch ungenügenden Stand der Aggressionsforschung. Eine solche Leistung ist schlechterdings nicht zu erbringen, da es sich bei der Potenz um eine Schimäre handelt. Stellt man sich einmal ernsthaft die Frage, was es mit der Aggressivität, mit dieser den Menschen angeblich auf Randale bürstenden Potenz auf sich hat, dann kommt man in Teufels Küche: Bekanntlich wird ein und dieselbe aggressive Potenz für *jede* Sorte – unerwünschter – Gewalt verantwortlich gemacht. Ob es sich um den prügelnden Familienvater, die Übergriffe auf Ausländer, die Schlägereien von Hooligans oder die Raufereien im Klassenzimmer handelt, immer soll unterschiedslos dieselbe menschliche Aggressivität am Werke sein. Da mögen die Brutalitäten noch so verschieden sein, mögen sich die Gründe der Täter erkennbar unterscheiden, der Wissenschaftler reduziert sie allesamt auf den einen Trieb. Die Aggressionstheorien wollen uns weismachen, daß da letztlich nichts anderes als eine leere Neigung zur Gewalt am Werk ist, die keine spezifische Richtung kennt, keinen Grund und kein Motiv braucht, um sich zu äußern; daß sie nur einem inneren Druck folgt, der sich – darin dem Drang einer vollen Blase vergleichbar – irgendwie entladen muß. Es bleibt überdies letztlich das Geheimnis dieser Wissenschaft, wie sich jene innere Kraft überhaupt als eine aggressive, d.h. auf Gewalt zielende, den Willen anderer Menschen nicht respektierende Potenz identifizieren läßt, wo ihr doch all das fehlt, was dieser geheimnisvollen Kraftäußerung erst den behaupteten bestimmten Inhalt gibt, nämlich Motiv und Ziel, Objekt und Richtung. So *erfindet* sich die Aggressionsforschung nicht nur einen Trieb, sie stattet ihn obendrein ganz frei mit Eigenschaften aus, die es gar nicht erlauben, ihn als aggressiven etwa von einem libidinösen Trieb zu unterscheiden.[16]

Trotz alledem: Daß es diese Potenz gibt, darin ist sich die gelehrte Welt einig. Uneinig sind sich die Fachleute nur darin, ob sie angeboren oder das Produkt menschlicher Phylogenese ist, ob sie mehr auf Frustration oder mehr auf gesellschaftlich bedingte Lernprozesse zurückzuführen ist. Da haben die zahlreichen Aggressionstheorien psychoanalytischer, psychologischer, verhaltens- oder lerntheoretischer Provenienz ein Feld der Auseinandersetzung, die inzwischen mit dem salomonischen Urteil, beides spiele irgendwie eine Rolle, beendet worden ist.[17] Noch jeder Theoretiker renommiert mit der Kenntnis einschlägiger Autoren wie Freud, Lorenz, Hacker, Dollard, Bandura... Dazu können sie – man will ja nicht »monokausal« sein – die Namen einschlägiger sozialwissenschaftlicher Theoretiker wie Elias, Adorno, Beck, Heitmeyer usw. herbeten. Der Befund über die Ursachen von Aggressivität lautet zusammengefaßt: Aggression wird entweder im Gefolge von »Frustrationen«, von »gesellschaftlicher Modernisierung« oder von beidem akut und tobt sich dann irgendwie aus.[18] Für die Sozialwissenschaftler, die kritischen allzumal, ist somit »die Gesellschaft« eine einzige Ansammlung von Auslösern dieser Aggressivität.[19] Bei aller »gesellschaftlichen Bedingheit« gehört für diese Gelehrten die Gewaltbereitschaft aber irgendwie auch zur »natürlichen Grundausstattung des Menschen« – wie nicht nur die Gewaltkommission der Bundesregierung in ihrem in rassistischer Tradition verfaßten Endgutachten verkündet.[20] Nimmt man auch noch »biographische Besonderheiten« dazu, dann ergibt sich für diese Wissenschaft eine äußerst diffizile »Problemlage«: *»Ob der Mensch zum Hooligan oder zum Friedensengel neigt – unentwirrbar ist das Knäuel aus gesellschaftlichen Gelegenheiten und der individuellen Lebensgeschichte.«*[21]

Ihren Gegenstand haben die Jugendforscher damit psychologisch so zugerichtet, daß eines auf jeden Fall feststeht: Immer dann, wenn sich »die Gesellschaft« an den unerlaubten Gewalttaten ihrer heranwachsenden oder fertigen Bürger stört, dann liegt beim »Gewalttäter« nicht etwa irgendein *Interesse*, irgendeine *Absicht* vor, dann verfolgt der Mensch nicht etwa ein bestimmtes Anliegen, das er nur mit gewaltsamen Mitteln meint erreichen zu können, sondern dann handelt es sich um das Resultat einer fehlgeleiteten aggressiven Potenz. Dieses »unentwirrbare« explosive Gemisch soll es – obwohl ganz inhalts- und ziellose Kraft – dann fertigbringen, das bestimmte »intentionale Verhalten« des Menschen zu lenken. Für seine einschlägigen »Intentionen« hat der Mensch demzufolge nicht seine Gründe – mögen die auch noch so sehr neben dem offiziellen Anstand liegen, und mag er sie sich auch noch so wenig reiflich überlegt haben. In dem »intentionalen Verhalten« der jugendlichen Rohlinge äußert sich vielmehr eine Kraft, die sie zu ihren Taten *treibt*.

Auf den kritischen Hinweis, daß demzufolge so ziemlich alle Menschen prügelnd übereinander herfallen müßten, haben sich die Psychologen mit der Komplettierung ihres Fehlers eingestellt. Sie wissen, daß so etwas nur bei jenen Menschen zu beobachten ist, denen die innere Korrekturinstanz fehlt. Nur wem es an *moralischer Triebkontrolle* bzw. *Triebhemmung*[22] mangelt, wem die Instanz fehlt, die ihm sagt, daß Menschen nicht einfach aufeinander einprügeln dürfen, bei dem äußert sich die Aggressivität ungebremst. Wo das »Gewissen« fehlt, da hat die Seele ein großes Loch, ein »Wertevakuum«.[23] Das Zeug zum Triebtäter, behaupten sie, das hat ein jeder. Nur fehlt eben – der Erziehung und/oder der moralischen Menschennatur sei Dank – nicht jedem die Sozialmoral, die den Prügeltrieb unterdrückt, kanalisiert oder sublimiert.

Die Entdeckung eines Wertevakuums

Genau auf diesen Befund sind die Pädagogen versessen: Den Jugendlichen *fehlt* etwas, was jene Menschen besitzen, die sich eines ordentlichen Sozialverhaltens befleißigen und die, statt gleich zuzuschlagen, vielmehr bei jedem Ärger, wie es sich gehört, den Vater bzw. großen Bruder holen, beim Lehrer »petzen«, es bei einem verbalen Rundumschlag belassen, kritische Streitkultur anmahnen, vielleicht sogar die andere Backe hinhalten oder die Polizei informieren und die Gerichte anrufen.

Daß kein Mensch – auch der Heranwachsende nicht – nur deswegen zuschlägt, weil es ihm an der gewünschten Sozialmoral mangelt, daß die gescholtenen Kids vielmehr der gültigen Moral eine Absage erteilt und sich eine ganz eigene Moral zurechtgelegt haben, der sie folgen, das paßt nicht zu dem von der Pädagogik gewünschten Resultat. Sie läßt weder Moralkritik noch Moralkonkurrenz zu. Vielmehr erklärt sie die herrschende Moral, den gesellschaftlich erwünschten und deswegen als anständig geltenden Umgang der Leute untereinander zu einer Größe, die gleichfalls als eine dem Menschen *innewohnende Instanz* wirkt – die angeboren und/oder erlernt sein kann, wie es immer nachklappert. Auf jeden Fall ist diese Triebkorrekturinstanz sehr *menschengemäß*; womit bereits das entscheidende und unwiderlegliche Argument für jede Moral gewonnen ist, die in dieser Instanz angesiedelt wird. Es bedarf für sie keiner Begründung, wo sie doch dem Menschen als Menschen zukommt![24] Jede Abweichung von ihr muß zu dem Urteil führen, daß den jugendlichen Gewalttätern etwas fehlt, ohne das sie in dieser Gesellschaft nicht als komplette Menschen durchgehen. Die Komplettierung, und zwar die *geistig-moralische Komplettierung des »Sozialverhaltens«* der Jugend zum Zwecke ihrer Triebselbstkontrolle, das ist die Aufgabe, die sich die Pädagogik hier zurechtdefiniert. Bei deren Erledigung duldet sie keine Einmischung der staatlichen Ordnungsmächte. Es sei denn, sie ruft sie selbst. Doch dazu weiter unten mehr.

Die neue Werteerziehung steht dabei allerdings vor einem Problem eigener Art. Wie sollen Jugendliche, die in ihrem Tun der gültigen Moral partiell eine Absage erteilen, in einer schulischen Veranstaltung davon »überzeugt« werden, von jenem Tun abzulassen, mit dem sie ihr Anerkennungs(affen)theater abziehen? Oder theorieimmanent formuliert: Wie soll den Jugendlichen, denen die Triebkontrollinstanz fehlt, diese Instanz eigentlich implantiert werden, wo doch bei ihnen gerade der Aggressionstrieb gesiegt hat? In ihrer Theorie lösen die pädagogischen Psychologen dieses Dilemma leicht auf: Sie behaupten dann z.B., daß es sich bei dem Sieg des Bösen über das Gute um einen Sieg handelt, der das Gute im Schlaf erwischt hat, daß man es also nur irgendwie pädagogisch wecken muß, damit es seine Funktion, d. h. den Kampf gegen das Böse aufnimmt.

Doch ist Moralerziehung nun einmal kein *Erweckungs*programm. So ohne weiteres klingelt es bei diesen Kids nicht.[25] Die Untersuchung der praktischen Rezepte gegen Jugendgewalt in der Schule wird weiteren Aufschluß darüber geben, an welche »Muntermacher« gedacht ist.

2. Jugendgewalt pädagogisch bekämpft

Gegenwärtig quillt der Markt über an »Hilfestellungen zum Waffenstillstand (!) im Klassenzimmer« (Spreiter), an »Vorschlägen zur Gewaltreduktion« (Korte), an Rezepten, um »mit Aggressionen« (Gratzer) oder »aggressiven Kindern« (Bründel/Hurrelmann (2)) fertig zu werden.

Eine unvollständige, aber repräsentative Liste der aktuellen Vorschläge für diese neue »Friedenspädagogik« ergibt folgendes Bild: *»den Unterricht mit Entspannungsübungen beginnen; Meditation für Lehrer und Schüler anbieten; kooperatives Lernen; sozialintegratives Lernen; Arbeit mit allen Sinnen; gesunde Ernährung; Konflikte gewaltfrei lösen lernen; Stärkung der Erzieherrolle des Lehrers; Verantwortung in der Schule stärken; mit Feedback arbeiten; Einrichtung einer ›sozialen Stunde‹; Schaffung von Toberäumen; vorbildhaftes Verhalten der Lehrer; lernen, wie man sich ohne Gewalt als Sieger fühlen kann; Einrichtung eines Kontakttelefons; SEL-Gruppen bilden (SEL= Schüler-Eltern-Lehrer); Interviews mit Gewaltopfern; Eltern-*

rundbriefe zur Vertiefung der Gewaltproblematik; Time-out-Verfahren mit sozialen und Wiedergutmachungs-Auflagen; Transparenz der Notengebung; Ergänzung der Schulordnung um – selbsterarbeitete – Regeln gegen Gewalt und Aggression; Einführung eines Schul- bzw. Klassengerichts; engere Zusammenarbeit von Schule, Arbeitsamt, Jugendamt und Polizei; Einschaltung der Polizei in schweren Fällen...«.[26]

Dieser Katalog reicht von der Meditation, dem Inbegriff *innerer Friedfertigkeit*, bis zum Polizeieinsatz, dem Inbegriff *äußerer Friedlosigkeit*. Viele Vorschläge scheinen alte Hüte zu sein, die dem erfahrenen Lehrer ein müdes Lächeln abnötigen. Gegliedert werden sie in der Regel nach präventiven Maßnahmen, Interventionen bei auftretender Gewalt und anschließender Betreuung »gewaltbereiter Schüler«, ihres Umfeldes und der Opfer. Bemerkenswert ist an ihnen, wie die Logik des Aggressionsbefundes durchschlägt: Von klassischen Motivationsangeboten ist wenig zu sehen. Angebote an den Willen der Kinder fehlen weitgehend. Konsequent werden Rezepte angeboten, die an einem Trieb, an individuellen Mängeln der Triebkontrolle, an fehlender moralischer Einstellung und am Gefühlshaushalt ansetzen. Aufgefahren werden »Sublimierungsstrategien«, und gebastelt wird schließlich an schulischen und außerschulischen Bedingungen der unschädlichen Freisetzung von Aggressivität.

Für die hoffnungslosen Fälle, bei denen mit einer Veränderung der Innen- und der Umwelt nichts mehr zu machen ist, wird die polizeiliche »Entsorgung« sichergestellt.[27] Diese Pädagogen eint also die Überzeugung, daß mit der Vermittlung von Einsichten bei den Kids wenig zu machen ist. Konsequent werden die Jugendlichen als die – letztlich unschuldigen – *Opfer ihres Triebes* behandelt, der sich unter bestimmten individuellen, familialen und sonstigen gesellschaftlichen Bedingungen Bahn bricht. Daß sie etwas *Falsches wollen*, daß ihnen ihr Bedürfnis, sich als Sieger zu fühlen, die Anwendung auch brutaler Mittel gegen Mitschüler nahelegt, kann einfach nicht sein. Der Erzieher fühlt sich vielmehr in dem »Rollenkonflikt zwischen Therapeut und Polizist«[28] richtig aufgehoben – man könnte den Konflikt noch um den Ernährungsphysiologen, den Seelsorger und den Sozialarbeiter anreichern. Er ist hin und hergerissen zwischen dem Bemühen, den Willen über Veränderung von inneren Anlagen und äußeren Bedingungen zu manipulieren, und dem letzten Ausweg, den Willen zu brechen, wenn die pädagogische Therapie versagt.

Meditation und Entspannung

Wie kommen Pädagogen auf Meditation und autogenes Training? Was versprechen sie sich davon? Das Training von Entspannung soll in der Schule nicht der Herstellung jener bewußten Bewußtlosigkeit dienen, die das Ideal der Meditation ist. Zwar mag auch ein Pädagoge davon träumen, daß eine in Trance versetzte Schulklasse hervorragend zu handhaben wäre, doch kommt es in diesem Fall auf etwas anderes an. Es geht um die Einübung einer Psycho-Technik, die Schüler dazu befähigen soll, zwischen ihren *Willen* und seiner *Äußerung* eine Art Wattepolster einzuschieben, das sich *Selbstbeherrschung* nennt. »Ganz ruhig bleiben!«, hat sich jener Schüler immer wieder zu sagen, den es juckt, einem Mitschüler die Cola zu klauen. Dabei soll die Entspannung nicht für die ruhige und überlegte Abwicklung des Enteignungsvorhabens sorgen, sondern sie soll es natürlich unterbinden! Dies aber ist mit Entspannung allein nicht zu haben. Wo durch einen selbst gegebenen Befehl, sich zu besinnen und ruhig zu bleiben, die eigene Absicht unterbunden wird, da ist bereits das *Urteil* vorhanden, daß sich die geplante Tat nicht gehört: »Halt ein, das darfst Du nicht, also lasse von Deinem Vorhaben ab!«, soll der jugendliche Strolch sich sagen.

Die Entspannungsübungen, die dem Trieb im Seelenleben des Triebgestörten eine Barriere verpassen wollen, setzen folglich das voraus, was sie eigentlich erreichen wollen: das moralische Bewußtsein. Das ist für Pädagogen ähnlich konstruiert wie sein Gegenpart, die Aggressivität: Nicht um ein (Wert-)*Urteil* handelt es sich, sondern um eine *Eigenschaft* des Menschen. Eine Art natürlicher Zensurbehörde scheint demnach im Menschen zu hausen, die im entspannten Zustand sofort über die gänzlich inhaltslose Aggressivität die Oberhand gewinnt. Als ob man nicht wüßte, daß diese Jugendlichen betont »cool« zu Werke gehen, wenn sie sich wechselseitig »anmachen«, und daß die Demonstration von »coolness« sogar ein wichtiges Attribut der Präsentation ihrer Überlegenheit ist.

Sensibilisierung

Sensibilisierungsstrategien, die *das Gefühl* ansprechen sollen, stellen eine andere Variante dar, mit der Pädagogen die nur verschütteten positiven Normen wieder reaktivieren wollen. Diese Strategien sollen besonders das »Mitgefühl« aktivieren, weil doch »die Einfühlung in die Opfer zu einer Hemmung aggressiver Tatausführung führen« kann,[29] wie die Pädagogen meinen. Sie halten also erstens die Moral für eine Sache des Gefühls, zweitens das Gefühl für eine menschliche Regung, in der, unverfälscht durch die schulische »Verkopfung«, das *natürliche* Rechts- und Unrechtsbewußtsein steckt, das drittens beim Schüler als Aggressionshemmer nur noch geweckt zu werden braucht. Unrecht haben sie in allen drei Punkten: Die Moral lebt von der Unterwerfung unter staatlich durchgesetzte Regeln. Diese sollen für jedermann so selbstverständlich sein, daß ihre Begründung, also die Frage nach ihrem Nutzen und ihrer Vernunft, überflüssig wird und sie wie ein Gefühl handlungsbestimmend wirken. Das ist das Ideal von Volksmoral, das allerdings davon lebt, daß immer gleich dazu gesagt wird, wann welche Moral angesagt ist, damit das »Mitleid« sich nicht die falschen Opfer auswählt.

Als Sensibilisierungsstrategien werden Interviews mit Opfern von Schlägereien empfohlen, die deren Gefühle erkunden sollen, damit sich die Schüler »in die Lage des Opfers hineinversetzen« können.[30] Pädagogen erwarten sich davon einen ersten Schritt zur inneren Einkehr. Diese Tour soll also bei Jugendlichen verfangen, die für den Empathie-Trick gerade nicht zugänglich sind. Das erwünschte Mitgefühl setzt nämlich voraus, daß sich der Mensch bereits von seinem Standpunkt verabschiedet hat, andere die eigene Überlegenheit spüren zu lassen. Doch wer selbst nicht das Opfer von Gewalt sein will, der nimmt deswegen noch lange nicht davon Abstand, andere die körperliche Überlegenheit spüren zu lassen. Nicht selten ist es eher umgekehrt: Stärker zu werden, um es den anderen zeigen zu können, ist ein bekanntes Motiv von Jugendlichen.

Toberäume

Die schulische Einrichtung von Toberäumen zum »Dampfablassen« bringt zum Ausdruck, daß die Moral offensichtlich doch keine Sache der – besseren – Natur ist. Wenn Entspannung und Sensibilisierung die aggressive Spannung nicht löst und in den Menschen die Vernunft weckt, dann muß die – schlechte – Natur raus, aber so, daß sie keinen Schaden anrichten kann, heißt es. Damit widerruft die Pädagogik zum einen die Meditationsmethode, zum anderen setzt sie den darin steckenden Unfug fort. Erneut geht sie davon aus, daß sich eine Aggressivität angestaut hat, der es gänzlich gleichgültig ist, wie ihr Überdruck abgelassen wird. Als ob das bestimmte kindliche Interesse, sich anderen gegenüber als Sieger zu präsentieren, realisiert werden könnte, wenn auf Sandsäcke eingedroschen wird, die bekanntlich selten die Neigung zeigen, sich geschlagen zu geben.[31]

Ersatzangebote für das Selbstbewußtsein

Auch aus der Verwechslung von gewaltbereiter Überlegenheitsdemonstration mit »motorischem Überdruck« lassen sich noch lustige Fehlschlüsse ziehen. Der Vorschlag, den »Aggressivlingen« Ersatzangebote zu unterbreiten, gehört dazu. Die Feststellung, daß die Kinder in ihrem Anliegen nicht bedient werden, wenn sie sich »motorisch abreagieren« dürfen, daß sie vielmehr leibhaftige Sandsäcke zum Verdreschen benötigen, hat weder eine Selbstkritik unter Pädagogen eingeleitet noch zu einer Kritik des kindlichen Bedürfnisses geführt. Dem wird vielmehr recht gegeben. Nur wird ihm jede störende Äußerung untersagt. Es soll sich – nach pädagogischer Vorstellung – von den Methoden und Objekten trennen, in und an denen es sich austobt.

Den Kids wird das Angebot gemacht, daß sie sich als Sieger fühlen dürfen, ohne daß Gewalt ins Spiel kommt. Kanalisierung heißt dieser pädagogische Auftrag, der das Schlagen und Geschlagenwerden in Formen bringen will, die noch mit der Schulordnung verträglich sind. So wird dem Anerkennungsbedürfnis eine alternative Nahrung angeboten, die nicht gleich zu blauen Augen oder demolierten Kloschüsseln führt. »Faire Wettkämpfe« seien zu organisieren, in denen sich jeder bewähren könne, heißt es. Den schwächeren Schülern sei das Gefühl zu vermitteln, sie hätten – in irgendeinem Bereich – Siegerqualitäten an den Tag gelegt. Und den starken sei mitzuteilen, daß in ihrer Körperkraft »kreative Potenzen« schlummerten, die ihnen völlig neue Möglichkeiten eröffnen könnten, wenn sie diese nicht auf gewalttätige Weise freisetzen, sondern stattdessen z.B. die Schule neu bemalen würden.

Diese – bewußte oder unbegriffene – *Umdeutung* setzt nichts frei, sondern geht an der Sache vorbei. Wer unbedingt Sieger sein will, der will eben nicht an einem »fairen« Wettkampf teilnehmen, den er auch verlieren kann. Wer mit der Schule für sich abgeschlossen und für den Lehrer nur noch seinen ausgestreckten Mittelfinger übrig hat, der wird sich kaum einreden lassen, letztlich ginge es ihm um die Verschönerung der Schule. Diese »sanfte Kunst«,[32] das Anliegen der Kinder umzudeuten, geht zunächst einmal von der Feststellung aus, daß die »Störenfriede« schon etwas *Bestimmtes* wollen, und nimmt sofort wieder Abstand davon. Selbst der Inhalt des Siegerbedürfnisses wird nicht begriffen, wenn ihm Ersatzangebote gemacht werden, die allein das Herz des Erziehers erfreuen. Früher oder später landet der Pädagoge also wieder bei seinem Lieblingsideal, dem der Manipulation.

Allen Rezepten, die Aggressivität zu dämpfen, zu kanalisieren, zu sublimieren oder per Umdeutung zum Verschwinden zu bringen, wird letztlich wenig zugetraut. Auch will sich kein Handbuch gegen Schülergewalt darauf verlassen, daß die richtige Moral im Prinzip in jedem Schüler schlummert. An ihrer *Erzeugung* führt offenbar kein Weg vorbei. Selbst Pädagogen müssen so zur Kenntnis nehmen, daß die Moral nicht naturgegeben ist, sondern erst unter Anleitung von Erziehern zur zweiten Natur des Menschen *gemacht* wird. Und da dies ein weites und geachtetes Feld der Erziehung erschließt, machen sich die Pädagogen unverdrossen ans Werk und ergänzen ihre Toberäume um Konzepte, die deren theoretische Grundlage prompt bestreiten. Diesbezügliche Vorschläge nehmen denn auch breiten Raum in allen Rezepten ein. Sie sind nach dem bereits gedeuteten Muster gestrickt, demzufolge die »Aggressivität in der Schule« auf einem Mangel an Werten, einem Vakuum vor allem im Bereich der sozialen Moral basiert, dem abgeholfen werden soll. Und so lassen denn die Pädagogen das *Training von Harmonie* nicht aus:

Training der Sozialmoral

Auf das »Soziale« und »Kooperative« kommen die Pädagogen über ihren Befund, daß Gewalt zumeist ungesellig ist. Der Kern dieser schlichten Denkungsart lautet: »Gewalt ist ein Gegeneinander, das in der Schule die Ordnung stört und deswegen verboten ist. Also (!) muß für Miteinander, Kooperation und Verantwortungsbewußtsein gesorgt werden.«

Nur am Rande sei vermerkt, daß das schulische Lernen, das als Leistungslernen organisiert ist, vom Gegeneinander geradezu lebt. Natürlich ist das auch Pädagogen nicht verborgen geblieben. Sie sehen in der Lernkonkurrenz sogar eine der zahlreichen »aggressionsfördernden Bedingungen«, die dringend durch mehr »kooperatives und sozialintegratives« Lernen, durch die Erziehung zu »sozialer Kompetenz«, durch Stärkung des Verantwortungsbewußtseins für Klasse und Schule kompensiert werden müssen. An eine Beseitigung dieser von ihnen dingfest gemachten »Aggressionsauslöser« mögen sie nicht denken. Und so reicht es zur Bewältigung des Gegeneinanders beim Lernen hin, wenn bei der Notengebung mehr »Durchsichtigkeit« herrscht. Denn bei Lichte besehen kann *»die Notengebung nur dann Anlaß für Aggressionen werden, wenn sie nicht gerecht, fair und nachvollziehbar ist«.*[33]

Womit auch dieses Problem abgehakt wäre und die Pflege des Sozialen in allen Lebenslagen angegangen werden kann: *»Das Wir-Gefühl muß gestärkt werden, z.B. durch aktive Neigungsgruppen und Arbeitsgemeinschaften, durch ein aktives Tutorensystem, durch gemeinsame Veranstaltungen. ... Die Bereitschaft zur Übernahme sozialer Verantwortung muß durch gezielte Maßnahmen und Initiativen gestärkt werden. ... Mitgestaltung, Mitverantwortung dürfen nicht zu Schlagworten und Phrasen verkümmern ... In diesen Zusammenhang können auch Komponenten des praktischen Lebens gestellt werden, bei denen Schüler selbst aktiv an Reparaturen beteiligt werden oder z.B. Reinigungsdienste organisieren. Verantwortlichkeit für die Schule stärken, muß auch heißen, daß die Schüler für angerichtete Schäden an Sachen und/oder Personen wirklich und konsequent verantwortlich gemacht werden...«*[34]

Hier handelt es sich insgesamt um Vorschläge, die – albern und hilflos zugleich – als *Mittel* für das vorgegebene pädagogische *Ziel*, einen »Abbau von Gewalt gegen Sachen und Personen« zu bewirken, allein dieses Ziel anführen. Hier malt sich jemand aus, daß immer dann, wenn die Schüler sich sozial und kooperativ aufführen, die Sozialmoral wohl intakt zu nennen wäre. Daß bei durchgesetztem Verantwortungsbewußtsein der Vandalismus an »Sachen und Personen« unterbleibt, läßt sich kaum bestreiten: Der Schüler, der die Schule zu seinem (Halbtags-)Heim erklärt, läßt mit Sicherheit die Kloschüssel heil. Wer davon überzeugt ist, daß die Schule nur zu seinem persönlichen Besten eingerichtet ist, der wird ihr nicht den »Krieg erklären« und weder die Turnhalle verwüsten noch Lehrer angreifen. Und wer schließlich davon überzeugt ist, daß so ein Schulauftrag die funktionierende Klassengemeinschaft voraussetzt, der wird nicht auf die Mitschüler eindreschen. Doch da es, dem pädagogischen Befund zufolge, bei den »aggressiven Typen« an dieser Einstellung fehlt, geraten alle einschlägigen Rezepte nur zur *Präsentation eines Ideals*: So soll es sein, sagen die Schultheoretiker und verraten dabei gerade nicht, wie die Einstellung von »Vandalen« zu ändern, d.h. um

180 Grad zu drehen wäre. Denn die wohlgemeinte Aufforderung zu mehr Harmonie im Umgang miteinander verfängt bei Schülern nicht, die ihre halbe Klasse auf ihre Art zu Untermenschen erklärt haben. Wie also jene Schüler in so ein soziales Gesamtkunstwerk zu integrieren sind, die sich ihm erkennbar verweigern, ist diesen Rezepten nicht zu entnehmen. Verwundern kann das nicht. Denn die Beteiligung an der Ausschmückung der Schule, die gemeinsame Organisation von Schulfesten, die kooperative Erledigung von in der Schule anfallenden Pflichten usw. stellen gar keine Rezepte dar. Vielmehr handelt es sich um *Bilder* für das Ideal vom durchgesetzten »Wir-Gefühl«, für das Schüler im allgemeinen keinen guten Grund haben, und für das jene Schüler keinen Grund wissen, die sich das Urteil zurechtgelegt haben, die Schule sei ein unberechtigter Angriff auf ihre beachtenswerte Persönlichkeit.

Und dort, wo dieser Erziehung zur sozialen Verantwortung der Disziplinierungscharakter offen anzusehen ist, wo etwa Schüler für die von ihnen angerichteten Schäden haftbar gemacht werden, ist schulische »Resozialisierung« angesagt, d.h. die zwangsweise Integration ins Schulleben durch die Ableistung von Wiedergutmachungsaktionen, die erkennbar Strafcharakter besitzen. So etwas fällt nicht aus dem Rahmen einer Sozialerziehung. Vielmehr offenbart sich darin der wahre Gehalt der Sozialmoral: Dienst an den Einrichtungen, denen man unterworfen ist, störungsfreie Integration in sie und friedliche Lösung aller in ihr vorprogrammierten »Konflikte« nach Maßgabe der Anliegen des hohen pädagogischen Hauses. So buchstabieren Pädagogen heute das Soziale. Was man sich als Wert zurechtlegen soll und was als menschliche Tugend Eingang in den Katalog hehrer Erziehungsziele gefunden hat, wird hier schlicht als *Integrationsweg* vorgestellt, als ein Mittel, das Störungspotential in der Schülerschaft zu neutralisieren.[35]

Kooperative Konfliktlösung

Diese Absicht wird dort, wo Pädagogen den Übergang zur Abteilung »Bestrafung« explizit machen, sogar ausgesprochen: *»Repression und Sanktion, Strafe und Vergeltung sollen weitgehend durch Integration ersetzt (!) werden.«*[36] *Es sollen die »auffälligen Schüler, Störer, aggressiven Typen« nicht aus-*, sondern »so weit wie möglich *ein*gegrenzt« werden.[37] Zu diesem Behufe schlagen die Autoren vor, »Strafe und Sanktion« selbst zur integralen Veranstaltung des Unterrichts zu machen. »Kooperative Konfliktlösung« ist ebenso angesagt wie das gemeinsame Entwerfen einer Schul- oder Klassenordnung gegen Gewalt. Fehlen darf auch nicht die durch »Summerhill« in einen fortschrittlichen Ruf gelangte Einrichtung von Klassen- oder Schulgerichten, in denen Schüler selbst ihre Mitschüler anklagen, verurteilen und bestrafen können. Dabei hat es natürlich immer sozial zuzugehen. Der Verurteilte soll schließlich sein Gesicht nicht verlieren, weil das noch gebraucht wird. Folglich müssen Empathieübungen eingestreut und Chancen zu Einsicht und Buße eröffnet werden. Gelegenheiten, die Bereitschaft zur Wiedergutmachung zu zeigen, liefert die Schule zuhauf: Wer sich den »Aufgaben für die Gemeinschaft ... (widmet) wie Fegen von Schulfluren, Aufpumpen von Bällen, Reinigung von Gebäudewänden, Papiersammeln auf dem Schulhof«,[38] der hat auf jeden Fall eine Integrationschance.

Hier wird schließlich die moralische »Erweckungsarbeit« – wie bei jeder von einem Kirchenmann nach der Beichte verordneten Buße auch – ganz in die Strafe und die Modalitäten des Strafverfahrens gelegt. Das Wertevakuum des Störenfrieds bekommt die Moralfüllung auf eine Weise verabreichtt, die schon eher Erfolg verspricht. Er soll aus dem »Schaden klug« werden, der ihm von befugten Richtern zugefügt wird. Hier hat »das Leben« so richtig Einlaß in die Schule gefunden! Schüler dürfen nicht nur Rollen spielen, sondern Entscheidungen mit »Ernstcharakter« fällen, die obendrein der Sache nach in den Bereich der Exekution von Schulgewalt gehören.

Allerdings weist die *Pädagogisierung* »des Lebens«, gemessen an der Ideologie von einem unabhängigen Rechtswesen, ein paar Webfehler auf. So wird das Klassen- oder Schulgericht erst dann einberufen, wenn es etwas zu bestrafen gibt. Eine Tat ist vorher als Störung identifiziert. Der Straftatbestand steht fest: Störung des Schulfriedens. Der Täter ist ebenfalls identifiziert. In der Regel ist er vom Lehrer dingfest gemacht worden. Offen ist nur das Strafmaß. Darüber dürfen Schüler nach vorgebenen »Resozialisierungs«-Gesichtspunkten befinden. D.h. sie dürfen die Bedingungen setzen, unter denen der Täter in der Klassengemeinschaft wieder akzeptiert wird. Was ihnen nicht immer leichtfällt, da sie ihre Sympathien besitzen und geneigt sind, danach abzuurteilen; weswegen das Ganze eine pädagogisch kontrollierte Angelegenheit bleibt.

Wenig Probleme wird es den Schülern bereiten, Tätigkeiten wie die Schulreinigung, die ihnen jahrelang als wertvolle *Gemeinschaftsdienste* abverlangt worden sind, jetzt als *Strafen* zu verhängen, da solche Arbeiten für sie in der Regel ohnehin reinen Strafcharakter hatten. Gerichte – so lernen die Schüler dabei – entscheiden nicht über Recht und Unrecht, sondern sind allein für das Bestrafen da. Die vor der Bestrafung liegende Entscheidung über die Rechtsverträglichkeit des inkriminierten Tuns fällt nicht in die Kompetenz des Klassengerichts. Die haben ihnen Schulordnung und Lehrerautorität abgenommen. Infrage gestellt werden darf sie vom »hohen Gericht« nicht. Vielmehr ist die Billigung dieser vorgegebenen Entscheidung durch die Schüler-Richter die Voraussetzung für den ganzen Zirkus. Egal, ob die Schüler von der inkriminierten Tat betroffen sind oder nicht, sie haben sich, wenn sie als Schulgericht zusammentreten, den *Standpunkt des Schulfriedens* zu eigen zu machen, der erst einmal nicht der ihre ist. Daß dem Schulfrieden nicht nur blödsinnige Randale, sondern auch jede vernünftige Schulkritik abträglich ist, hat nicht zu interessieren. Ohnehin sind Schüler allzu oft nur begierig darauf, jene Gewalt einmal selbst in die Hand nehmen zu dürfen, deren Opfer sie sonst sind.

Strafe als Überzeugungsmittel

Sensible Pädagogen haben natürlich ein Gespür dafür, daß hier auf die Prügelei der Schüler die Strafe durch die Schule folgt, daß der Schaden, den der »Täter« einem Mitschüler zufügt, von befugter Seite um einen Schaden für den Täter ergänzt wird, daß hier der Gewalt mit Gewalt begegnet wird, daß sich folglich wieder einmal alles in die Frage nach befugter und unbefugter Gewalt auflöst.

Doch auch damit läßt sich ganz pädagogisch umgehen: Die Erzieher besinnen sich auf eine Spielart ihrer Aggressionstheorie, derzufolge »Frustrationen die Ursachen bzw. Bedingungen für aggressives Verhalten« abgeben. Und da es ihnen nicht schwer fällt, den »frustrierenden Charakter« von Schulstrafen zu antizipieren, steht die Problematisierung des Strafens hoch im Kurs. Sie mündet regelmäßig in pädagogische Regeln fürs Bestrafen, deren Kern darin besteht, die Strafe als *Überzeugungsarbeit* vorzustellen. Damit soll ihnen das »Frustrierende« genommen werden: *»Die Bestrafung sollte eine wenig aggressive und wenig angstmachende Form haben. Am besten geeignet sind daher ›natürliche Konsequenzen‹ (Wiedergutmachung...) ... Die Strafen sollten begründet (!) werden, damit nicht blinde Fügsamkeit, sondern Einsichten (!) in sinnvolle Verhaltensweisen gelernt werden.«*[39] Da stellt sich die Frage, warum denn die auf einmal so auf Überzeugung erpichten Erzieher nicht gleich auf jede »aggressive und angstmachende Form« verzichten: Wollen sie überzeugen, dann ist ihnen doch die Strafe dabei nur im Wege! Wollen sie dagegen abstrafen, dann kürzt sich allerdings das Überzeugen heraus! So sollte man wenigstens meinen.

Doch stellt sich das für die Pädagogen anders dar: Sie haben entdeckt, daß Strafen »Einsichten« stiften können. Sie denken sich Strafmaßnahmen aus, die zwar die Wirkung einer Strafe besitzen sollen, dabei jedoch ohne den in ihr entdeckten kontraproduktiven, weil Aggressionen gerade fördernden Effekt auskommen. Diese Quadratur des Zirkels gelingt durch eine *Neudefinition* der gewußten und einkalkulierten Wirkung: Es wird »wie bei manchen Medikamenten eine unerwünschte *Neben*wirkung«[40] festgestellt, die es zu vermeiden gilt. Dabei ist das »Neben...« ein Schwindel. Denn bei der angeblichen Nebenwirkung handelt es sich um nichts anderes als die gerade erwünschte Wirkung. Die gibt es jetzt zweimal, als Haupt- und als Nebenwirkung.

Die aggressionstheoretisch belasteten Strafpädagogen drehen sich also im Kreis: Einerseits setzen sie auf die durch den »Strafreiz« herbeigeführte »Unlust« als Weg zur rechten Einsicht. Andererseits möchten sie eben diese Unlust wegen der aggressionsfördernden Frustration vermeiden. So legen sie sich denn ihr »Dilemma« neu zurecht. Sie springen aus der Frustrationstheorie hinaus und in die behavioristische Lerntheorie[41] hinein: *»Wenn es um Verminderung von Aggressionen geht, soll Verhalten modifiziert, in diesem Fall abgebaut werden. Verhaltensmodifikation basiert vorwiegend auf lernpsychologischen Erkenntnissen. In der Lernpsychologie und Verhaltenstherapie werden Strafreize als wirksame Mittel zur Verhaltenssteuerung anerkannt. ... Wenn man die entscheidenden Punkte der lernpsychologischen Erkenntnisse in bezug auf schulische Belange zusammenfaßt, kommt man zu folgendem Ergebnis. Strafe ist ein wirksames Erziehungsmittel.«*[42] Quod erat demonstrandum! Wobei man selbstredend die »frustations-psychologischen« Ergebnisse nie ganz vergessen darf!

Der Begriff von »Einsicht« ist in beiden Theorien ohnehin von der gleichen Qualität. Es geht allein um die Befähigung zur »vorwegnehmenden Abwägung«: Wie entscheidet sich der Schüler, der seinen »Vorteilsgewinn durch Aggression« mit dem »Unlustertragen durch Strafreiz« gekoppelt sieht?[43] Dafür muß ein Schüler nichts begreifen. Allenfalls könnte er merken, daß es mit der freien Abwägung so eine Sache ist, wenn er in beiden Alternativen ohnehin nur die Wahl zwischen zwei Varianten des eigenen Verzichts hat. Es soll allein eine *negative Kalkulation* vorgenommen werden: Der »Lustverzicht« soll gegen die »Strafreizvermeidung« abgewogen werden. Es ist eben auch hier nicht daran gedacht, den Fehler einer Einstellung durch Argumente zu korrigieren. In der Logik dieser Abwägung bleibt die inkriminierte Schulstörung im übrigen nicht nur unkritisiert, sie wird als Mittel für privaten »Lustgewinn« sogar implizit *affirmiert*. Der Pädagoge setzt allein darauf, daß beim Schüler die zu erwartende »Unlust durch Strafreiz« letztlich den Ausschlag gibt. In der Regel klappt das auch, zumal dieser Art von Einsicht durch Familie, Straffolgewirkungen im Zeugnis und die Reaktion der Klasse zusätzlich auf die Sprünge geholfen wird.

Das Hantieren mit den diversen Theorien, das bei der pädagogischen Idealisierung der Strafe veranstaltet wird, lebt also ganz von den Absichten, die mit ihnen legitimiert werden sollen. Die Wirkung der Strafe wird zur Definitionssache erklärt.[44]

Ordnungshüter hüten Schule

Gelegentlich weigern sich Schüler, Richter zu spielen oder sich in anderer Weise an pädagogischen Varianten von Gerichtsbarkeit zu beteiligen. Sie scheinen die Erfahrung zu machen oder zu antizipieren, daß sie nach der Schule von den Verurteilten ganz ohne Schulgerichtsbeschluß verprügelt werden. Das ist jedoch dann ausgeschlossen, wenn die Bestrafung den bestallten Trägern der Staatsgewalt überantwortet wird; weswegen für die Anhänger einer Erziehung gegen Gewalt letztlich nichts dagegen spricht, sie – zum Schutz der Schüler versteht sich – in die Schule zu rufen.

So vollzieht sich unter kundiger pädagogischer Hand die erneute und letzte Umwidmung der Sache: Aus der »Jugendgewalt«, für die Jugendbetreuer zuständig sind, wird nun doch wieder die »Jugendkriminalität«, die in die Kompetenz der Polizei fällt. Pädagogen vollziehen diesen Übergang, mit dem die Politik keine Schwierigkeiten hat, recht umständlich. Sie werden eben immer noch vom pädagogischen Gewissen geplagt.

An der Darstellung von Strafen als Erziehungsmittel hat sie dieses Ethos nie gehindert. Mit der *Pädagogisierung der Polizeiarbeit* tun sie sich jedoch noch etwas schwer. Geholt werden die »Freunde und Helfer« dann, so sollte man bei allem bösen Willen meinen, wenn es Fälle gibt, in denen Schüler nur noch mit Gewalt gebändigt werden können. Doch so einfach liegt die Sache für Pädagogen nicht: »Darf man überhaupt die Polizei ins Haus holen?« fragen sie rhetorisch. Sie haben sich längst entschlossen, dem Ruf 110 generell etwas von dem pädagogischen Ethos zu verpassen. Nur möchten sie festgehalten und gebilligt haben, daß es sich hier keinesfalls »um einen pädagogischen Bankrott« handelt. Argument 1: *»Im schwierigen Geschäft des Erziehens gibt es in der Schule immer wieder Grenzen unserer Möglichkeiten«*. Argument 2: Das *»Eingeständnis unseres Scheiterns ... würde mehr Ehrlichkeit in die Pädagogik bringen.«*[45] Argument 3: *»Jede einzelne Dienststelle von Polizei und Justiz ist aufgerufen, neue Wege der Bekämpfung von Gewalt zu erproben.«*[46] Das Eingeständnis des Bankrotts hebt diesen also auf und bringt mehr Wahrhaftigkeit in die Pädagogik. Dem kann man nur zustimmen. Und wenn die Polizei sich selbst noch ein wenig pädagogisiert,[47] dann ist die Grenze zwischen Erziehung und Polizeiarbeit fließend. Vielleicht kann man gemeinsam die Jugendknäste meditationsfreundlicher gestalten. Den pädagogischen Ansprüchen an Toberäume genügen sie bereits.

***

Die Sammlung von Rezepten besitzt also eine innere Logik. Schritt für Schritt wird der theoretische Ausgangspunkt dementiert, daß die »Füllung des Wertevakuums« durch gezielte Ansprache einer quasi-natürlichen Moralität des Menschen zu leisten ist. Doch das Dementi der *theoretischen* Prämissen ist nur der erste Befund. Die Sammlung offenbart zugleich, daß mit dem Schein *praktischer* Brauchbarkeit[48] Propaganda für das neue/alte Prinzip vom Primat der Erziehung vor dem stofforientierten Unterricht gemacht wird. So ist es auch nicht zufällig, daß zwei Rezepte fehlen: Weder wird, wie dies in der emanzipatorischen Pädagogik der Brauch war, davon ausgegangen, daß sich der Schüler mittels einer *Stärkung* seines Selbstbewußtseins *aus eigenem Entschluß* zu den schulisch gewünschten Unterwerfungsleistungen bequemt. Wo die Stabilisierung von Selbstbewußtsein vorgeschlagen wird, da fehlt es vielmehr selten an dem Hinweis, daß dieses Verfahren wegen seiner Risiken sorgfältiger pädagogischer Betreuung bedarf. Es wird also dem Nachwuchs nicht mehr zugetraut, den Wunsch nach moralischer Veredelung der Pflichten ganz ohne äußere Anleitung und nur aus sich selbst heraus auszubilden. Und erst recht fehlt der Vorschlag, den Schülern im Unterricht sachgemäße Einsichten über die Ursachen von Erfolg und Mißerfolg in dieser Gesellschaft zu vermitteln.

3. Der Primat der Erziehung

Die Vorschläge zur »gewaltfreien Schule«, die der Sache nach darauf hinauslaufen, die Schulordnung, die Unterrichtsdisziplin und die Lehrerautorität sicherzustellen, also die Schüler so zuzurichten, daß sie der Schulpflicht genügen, einschließlich der geistigen Unterwerfung unter die Anforderungen des Unterrichts, geben zugleich ein neues Bild von Schule und Unterricht.

»Störung geht vor Unterricht«

Wenn erklärt wird, daß die Schule angesichts der *»erziehungsbedeutsamen Veränderungen der modernen Gesellschaft ... ihren Standort neu bestimmen und ihre Aufgaben neu definieren«* muß, wenn zu den neuen Aufgaben eine *»Erziehung zur Gewaltlosigkeit«* gehört, die als *»durchgängig mitlaufendes erzieherisches Prinzip begriffen werden«*[49] soll, dann darf es nicht verwundern, daß die »Neubesinnung der Schule auf ihren eigentlichen Erziehungsauftrag« eine Regel wie die folgende gebiert: *»Störungen haben Vorrang«* vor dem Unterricht.[50]

In diesem Prinzip faßt sich zusammen, was mit dem Primat der Erziehung vor dem »verkopften Unterricht«[51] gemeint ist. Er propagiert eine neue Sichtweise von Schule und Unterricht. In ihr steht der klassische Zusammenhang von Unterricht und Ordnung auf dem Kopf. »Störungen« werden hier nicht als Verhinderung und Unterbrechung von Unterricht, als Abzug von Unterrichtszeit, d.h. als Erschwernis bei der Bewältigung des Lernstoffs betrachtet, sondern als Gelegenheit, dem eigentlichen Erziehungsauftrag der Schule nachzukommen. Das den vorgestellten Rezepten zu entnehmende Ideal der Praxis stellt demzufolge nicht etwa eine *Ergänzung* der Schularbeit um zusätzliche, den neuen »Anforderungen« entsprechende Resozialisierungs-, Integrations- und Disziplinierungsaufgaben vor, die die Schüler so zurichten sollen, daß mit ihnen das Lehrplansoll erfüllt werden kann. Vielmehr hat die Beschäftigung mit der Unterrichtsverhinderung den Unterricht zu *bestimmen.*

Der propagierte Primat der Erziehung steht also für mehr als eine Schulkritik, die den Unterrichtsfächern vorhält, daß in ihnen die Moral zu kurz kommt, weil sie zu »kopflastig« sind.[52] Es wird kein einziger Unterrichtsinhalt einer

Kritik unterzogen und in keinem Fach die gewünschte Moral vermißt und eine unerwünschte festgestellt. Die Schulkritik verfolgt höhere Ansprüche. Es geht ihr gar nicht allein darum, das Curriculum zu revidieren. In allen theoretischen Aufbrüchen zu einer neuen Erziehung wird vielmehr das Bild einer Schule entworfen, die nicht nur wieder verstärkt klassische Werte vermitteln, sondern durch und durch, d.h. in Zielen und Inhalten, in Verfahren und Mitteln, in Ordnung und Leben eine *moralische Anstalt* sein will.

Schule als moralische Anstalt

Die Attacke auf den Verstand hat also in der Pädagogik erneut Konjunktur. Die Forderung nach der Erneuerung des »Primats der Erziehung« ist der Angriff auf den »*ver*kopften Unterricht«. Er hat sich inzwischen durchgesetzt. Dabei formuliert dieser Befund – im Unterschied etwa zum Geschmacksurteil über eine *ver*salzene Suppe – zunächst einmal eine sachlich gänzlich unangemessene Kritik. Die für die schulische Unterweisung vorgedachten Geistesresultate können falsch oder richtig, leicht zugänglich oder von schwieriger Natur sein, niemals aber verkopft oder zu theoretisch. Ein Maß für ein Zuviel an Theorie, also für eine *quantitative* Theoriekritik läßt sich denn auch dem Angriff gar nicht entnehmen.

Diese Schulkritik steht für etwas anderes. Sie behauptet, eine Weltsicht, die allein über den Kopf erfolgt, sei zu sehr verengt. Nur ein ganzheitlicher Zugang, der neben den Kopf auch den Bauch, sprich: das Gefühl, und die Hand einbezieht, könne ein menschengerechter Weltzugang sein. Sie kulminiert in der Behauptung, daß der Schüler als »Gefühls- und Sinnenmensch« in der Schule gänzlich vernachlässigt wird: Sein *»Körper wird zum Vollzugsorgan degradiert, und durch gewaltträchtige Normen wird ihm ein Lernprogramm aufgezwungen, das zu Gewalt gegen andere oder sich selbst führt.«*[53] Weil der Körper nur mehr das Vollzugsorgan des Lernprogramms ist, wird er degradiert, gleichzeitig wird ihm mit der ausschließlichen Ansprache des Kopfes Gewalt angetan, heißt das Argument. Es spinnt diesen Faden fort und weiß, daß von der Gewaltträchtigkeit des Denkens der Weg direkt zur Ausübung von Gewalt gegen andere führt. Wo die Umsetzung eines Urteils in die praktische Tat – z.B. das in schnelle Fluchtbewegung umgesetzte Urteil über die Gefährlichkeit eines brennenden Tanklastzuges – die *Degradierung* des Körpers sein soll, da herrscht die absurde Vorstellung, daß den Sinnesorganen des Menschen eine eigenständige Urteilsqualität innewohnt, an der sich die Verstandestätigkeit relativieren müsse. Die Schlußfolgerung lautet, der Mensch möge viel häufiger seinem Gefühl als seinem »kalten Verstand« folgen.[54] Dabei schafft es nicht einmal ein Anhänger dieser – in ihrer wissenschaftlichen Gestalt im übrigen ausgesprochen »verkopften«[55] – Theorie, sich mit ausgeschaltetem Verstand einen geistigen Zugang zur Welt zu verschaffen. Der Verstand läßt sich nun einmal nicht ausschalten und ist im »Bauch« auf seine Weise virulent: Ein Mensch etwa, den angesichts eines brennenden Asylbewerberheims sofort und ohne größeres Nachdenken ein Gefühl der Scham befällt, der läßt sich von Urteilen leiten; und zwar von anderen als jener Mensch, der nur wütend ist. Und wiederum andere Urteile über den Ausländer und Deutschland machen das Gefühl der klammheimlichen Freude aus. Dazu muß keiner der angesprochenen Zeitgenossen erst intensiv nachdenken. Der Vorgang der Urteils(neu)bildung ist bei ihnen längst abgeschlossen. Ihre Verstandesresultate haben sich durch häufigen und unbestrittenen Gebrauch bereits zu gewohnheitsmäßigen Urteilen verfestigt.

Warum der »Bauch« in diesem Zusammenhang so beliebt ist, stellt kein Geheimnis dar.[56] Der Subjektivität in der Geistesarbeit wird ein neues Einfallstor geöffnet. Die Auflösung des um Objektivität bemühten Urteils ins subjektive Meinen wird hier noch einmal radikalisiert. Dem Gefühl, diesem Inbegriff der subjektiven Stellung zur Welt, wird eine besondere Bedeutung für das Urteilen zugesprochen: Gerade weil es gänzlich subjektiv ist, weil es angeblich ganz »tief aus dem verborgenen Inneren des Menschen kommt«, »tiefere Schichten« aktiviert, soll es eine herausragende und bisher verkannte Gültigkeit beanspruchen können. Wer also den »Bauch« (»Herz«, »Seele«, »Gemüt«...) aktivieren und gegen den Verstand mobilisieren will, dem ist daran gelegen, daß alle erwünschten Urteile über die Welt ohne jegliches gesonderte Nachdenken über sie wie beim Gefühl als eine *Gewohnheit des subjektiven Geistes* abrufbar sind und als Handlungsmaxime ihren Dienst tun.

Wo der »Primat der Erziehung« neu eingefordert wird, da ist der »Kopf« zum Risikofaktor erklärt worden. Ihm wird angelastet, daß er aus der Lage, in die sein »Unterbau« gerät, gelegentlich andere als die erwünschten Konsequenzen zieht, daß er die Moral schon einmal mißversteht, die Propagandisten der Moral an ihr mißt und dann mit Politik- oder anderer Verdrossenheit reagiert. Und wenn dem Verstand zudem noch mit Erfolg eingetrichtert worden ist, daß es im Leben vor allem auf das Selbstbewußtsein ankommt, dann wird er unter Verweis auf die aktuellen Verfehlungen von Jugendlichen leicht verdächtigt, die erwünschte Übersetzung in die Tugend der *Selbstbeherrschung* und *Selbstbeschränkung* zu vernachlässigen. Deswegen räumt diese Erziehungskonzeption auch der psychologischen Methodisierung der Moral so wenig Raum ein, die an die Stelle der Predigt von Werten wie Frieden und Gewaltlosigkeit, Ordnung und Solidarität, Heimat und Demut das Selbst zum Wert erklärt und darauf baut, daß der Mensch sich selbstbewußt in die Pflicht nimmt. Der Umweg der Werteerziehung über die Aktivierung des freien Willens, der sich aus ganz eigenen Gründen zur Pflicht bequemen soll, wird inzwischen als Irrweg angesehen. Das Vertrauen darauf, daß die Macht des Faktischen dem selbstbewußten Wollen eines in seiner – abstrakten – Freiheit hofierten Individuums schon die gewünschten Handlungsmaximen nahelegt, wird abgelöst von der Maxime, daß Freiheit überhaupt nur dort herrschen kann, wo dem Einzelnen streng und gerecht beigebracht wird, daß er in seinen Pflichten gegenüber der Gemeinschaft aufzugehen und sie frohgemut zu erfüllen hat. Diese Moral als Standpunkt zur Pflicht wird somit selbst zur Pflicht.

Einem Mißverständnis muß vorgebeugt werden: Natürlich verschreibt sich die Schule als moralische Anstalt nicht der reinen Moralität als *Zweck*. Der Widerspruch, daß noch jede zum Wert oder zur Tugend erklärte Handlungsvorschrift jeweils ganz bestimmte Pflichten mit höheren Weihen versieht, keineswegs aber abstrakt als Maß für das Verhalten gelten soll, löst auch in der Schule keine Unsicherheit aus. Schule läßt nämlich keinen Zweifel daran, welche Pflichten der Nachwuchs zu übernehmen hat und welche Neigungen für Pflichtvergessenheit stehen. Welcher Gemeinschaft die Erziehung zu mehr Gemeinschaftlichkeit, welcher Ordnung die Ordnungserziehung zu dienen hat, bei welchen Anliegen man sich solidarisch zusammenschließen und ein kollektives Opfer bringen soll, welche Anliegen diszipliniert verfolgt werden sollen, welchem Nächsten die Liebe gelten soll und bei wem sie verschwendet ist, welche Mitmenschen Toleranz verdient haben und wo sie aufhört, in welchen Arbeitszusammenhängen wieder mehr Leistung erbracht werden muß, wem Treue zu gelten hat und wem gegenüber Wahrhaftigkeit angebracht ist..., diese Probleme stellen sich einer modernen Werteerziehung nicht. Der spezifische funktionelle Gehalt dieser Werte steht außerhalb jeder Debatte. Jedermann ist klar, daß nicht die Gemeinschaft der randalierenden Jugendbande, nicht die Ordnung in der Waffensammlung oder Horrorvideothek des Schülers, gemeint ist; daß die Solidarität nicht dem von der Polizei verfolgten Ladendieb zu gelten hat, daß die Treue nicht dem Anführer der Skins geschworen werden soll und Nächstenliebe sich nicht in der »Sekte« zu verströmen hat.[57] Der innere Widerspruch einer Moral, die dienenden Charakter hat und doch zugleich die Allgemeingültigkeit ihrer Maximen behauptet, existiert eben dort nicht, wo die Moralerziehung im Namen einer bestimmten *Gesellschaftsordnung* antritt und obendrein in zunehmendem Maße die Verantwortung gegenüber dem bestimmten nationalstaatlichen Hüter dieser Ordnung zum höchsten aller Werte erklärt.[58] Und vom propagierten Universalitätsprinzip der Moral muß auch nichts zurückgenommen werden. Ohnehin ist mit ihm nichts anderes gemeint, als daß der zu moralischem Handeln aufgeforderte Mensch sich nicht in die Anwendungsfragen einzumischen hat, sondern von den Hütern der Moral jeweils rechtzeitig mitgeteilt bekommt, wo Freiheit und wo Unfreiheit herrscht, was Ordnung und was Unordnung ist, was Freiheit der Kritik und was Politikverdrossenheit, was Privatsphäre ist und wo der Mensch sie mißbraucht, was Leistung und was organisierte Kriminalität bedeutet, wem gegenüber Toleranz angebracht ist und warum die PKK sie sich verscherzt hat usw. Natürlich funktioniert diese praktische Funktionalisierung nur in dem Maße, wie die Frage nach den *legitimen Hütern* der Moral ganz unmoralisch entschieden ist. Und sie ist auch nur dann ein taugliches Instrument für die widerspruchslose Erledigung neuer nationaler Pflichten, wenn die politischen Hüter der Moral zugleich glaubhaft machen können, daß sie sie nicht nur hüten, sondern sie im Rahmen ihrer besonderen Verantwortung für das Allgemeinwohl auch selbst beherzigen.[59]

Die Forderung nach dem Primat der Erziehung, nach der Renaissance einer Werteerziehung ist also zugleich die Forderung nach einer Erneuerung der Nationalerziehung. *»Grundwerteerziehung«*, sagt Brezinka, dient der *»Pflege der moralischen Grundübereinstimmung, des ›Grundkonsenses‹ der Nation«.*[60] Und was der Mensch in der Nation und für sie zu leisten hat, darauf wird er in klassischer Manier durch die Unterweisung in den Unterrichtsfächern vorbereitet.

Werteerziehung einst und jetzt

So widmen sich die pädagogischen Wissenschaften auf ihre Weise dem Auftrag zur Erneuerung der Volksmoral, den Politiker und Öffentlichkeit in die Welt gesetzt haben. Es geht darum, die gewünschte Ordnung als wertvolle und damit als die menschengemäße Ordnung darzustellen, die keiner »verkopften« Begründung bedarf. Die sich folglich jeder Problematisierung oder gar Kritik entzieht und der der Mensch im Bewußtsein, sich einem »Wertesystem« verschrieben zu haben, freiwillig Folge leisten soll. Ihr soll er die guten Gründe entnehmen, mit denen er sich einreden kann, welchen »Sinn« es hat, sich in seinem Alltag einzurichten, gerade wenn seine »egoistischen Wünsche« dabei regelmäßig zu kurz kommen. Dies und nichts sonst ist der ganze Sinn des neu beschworenen Primats der Erziehung vor dem »verkopften Unterricht«.

Damit hat sich ein alter Streit in der Pädagogik erledigt: der Streit zwischen »linken« und »rechten«, zwischen konservativen und emanzipatorischen Erziehungszielen. Im Ruf nach einer neuen Werteerziehung sind sich die »Mut-zur-Erziehungs«-Pädagogen heute mit denjenigen einig, gegen die sich ihr Pamphlet von 1978 gerichtet hatte. Mit der Etablierung einer Erziehung zu Mündigkeit, Selbstbewußtsein und Kritikfähigkeit im Katalog der Erziehungsziele würden, so lautete einmal ein Verdacht, Unmoral und Indoktrination Einzug in die Schule halten. (Vgl. Anhang 1: Erklärung des Kongresses »Mut zur Erziehung«) Diese Kritik, der es um die Rehabilitierung von Tugenden ging, die in der Vergangenheit zwar immer auf der Tagesordnung, jedoch wegen ihres nationalistischen und obrigkeitsstaatlichen Beigeschmacks nicht im Vordergrund des offiziellen Katalogs der Bildungsziele standen, ist heute überholt, und dies nicht etwa, weil die Kritiker von einst ihre Irrtümer eingesehen hätten, sondern weil die Kritisierten ihnen heute Recht geben.

Die Angegriffenen von einst nehmen in einer neuen interfraktionellen »Werteinitiative '93« (vgl. Anhang 2 mit seinem Plädoyer für einen »vorurteilslosen« Umgang mit den Begriffen »Autorität, Leistung, Heimat«) die alten Klagen auf und setzen auf die *Versöhnung* der traditionellen, elementaren Werte mit den psychologisch übersetzten abgeleiteten Werten: *»Selbstbestimmung und Selbstbeschränkung gehören zusammen!«*, lautet einer ihrer markigen Kernsätze. Ein anderer könnte ebenfalls dem Manifest von 1978 entnommen sein: *»Individualität, die nicht in Egoismus entarten will, bedarf des Gemeinsinns.«* Lobkowitz und H. Maier, Spaemann und H. Lübbe wird aus der Seele gesprochen, wenn es heißt: *»Manchmal wurde und wird Offenheit mit Standpunktlosigkeit verwechselt, Freiheit mit Bindungslosigkeit, Toleranz mit Beliebigkeit.«* Na bitte, hat nicht W. Brezinka schon immer gepredigt, was Heitmeyer heute so einleuchtet, daß nämlich der »riesige Gewinn an Freiheiten für die Bürger« zwar ein riesiger Gewinn, zugleich aber auch ein »Verlust an Hilfen bei der Wertorientierung« ist.[61] Und ein Cohn-Bendit wäre der Letzte, der ihm heute darin widersprechen würde. Er tritt längst selbst mit solchen Sorgen an die Öffentlichkeit: *»Wie vermitteln wir, unter Verzicht auf hohle Floskeln* (darauf beschränkt sich die Kritik an den Konservativen!), *daß es Grenzen der individuellen Entfaltung gibt, wie erklären wir das Maß zwischen individueller Durchsetzungsfähigkeit und der Notwendigkeit solidarischer Interaktion?«*[62] Die Sorge um die Festigkeit jener Werte, die das Fundament der Staatstreue eines jeden Bürgers ausmachen, ist heute Allgemeingut geworden. Der Streit zwischen »reaktionärer« und »emanzipatorischer Erziehung« ist damit beigelegt. Der Schulterschluß von »links« und »rechts« findet eben nicht nur in der (Bosnien-)Politik statt.[63]

Ein prinzipieller Streit hat da ohnehin nie stattgefunden.[64] Um die Identität von Wollen und Sollen ging es beiden Seiten gleichermaßen. Nur wollte die »linke« Fraktion das Sollen dem Kind nicht als einen äußeren Maßstab einpflanzen. Sie baute vielmehr darauf, daß die gewünschte Integrationsmoral aus dem freien Willen des Kindes selbst hervorgeht. Heute, da die »Linke« sich den Standpunkt anbequemt hat, daß dem Willen »von außen« auf die Sprünge geholfen werden muß, damit er sich die gewährten Freiheiten richtig zurechtlegt, *eint* beide Lager das Bedürfnis, einen »Wertepluralismus« aus der Welt zu schaffen, der als nicht mehr zeitgemäß gilt. Vielmehr ist die »nationale Verständigung über ›Grundwerte‹« für unverzichtbar erklärt worden, um die »Polarisierung« zu überwinden. Wo Werte wie Einheit und Konsens, Solidarität und Harmonie ganz oben auf der Tagesordnung der Erziehung stehen, da wird im Pluralismus das Einfallstor für Zwietracht, Disharmonie und Egoismus gesehen. Das – darin sind sich die Kontrahenten von einst heute »spinne-einig« – hat die Nation nicht verdient, das stört den staatlichen Zusammenhalt und damit die Erledigung der Aufgaben, die die Nation sich gesetzt hat. Verdient hat sie vielmehr, daß die Bürger hinter ihr stehen, »Zwietracht und Hader zurückstellen« und ihre privaten Interessen national definieren. Der oberste Wert für die Jugend, in den sich Fleiß und Leistung, Pünktlichkeit und Disziplin, Autorität und Gemeinsinn, Pflichtgefühl und Ordnungsliebe, Nächstenliebe und Opferbereitschaft, Treue und Wahrhaftigkeit – und die Heimatliebe[65] ohnehin – auflösen, heißt heute wieder umstandslos »Nation«. Alte verfassungspatriotische oder kosmopolitische Übersetzungen sind aus der Mode gekommen.

Der Befestigung dieser moralischen Stellung des Volkes zum Staat hat die Schule zu dienen. Sie ist eben *die* Schule der Nation. W. Schäuble verleiht diesem Anliegen literarische Weihen, wenn er Tocqueville zitiert: Die Souveränität der Staaten stütze sich »auf alles, was dem Vaterlandsgefühl im Herzen des Menschen Macht verleiht«.[66]

Kapitel 4
Anstelle einer Handlungsanleitung

Die Ergebnisse der Untersuchung

■ Bei der Jugendgewalt handelt es sich um die radikalisierte Variante jener psychologisierten Konkurrenzmoral, die jeder als Behauptungsstreben, Wunsch nach Anerkennung, als Geltungsbedürfnis oder als Demonstration eines intakten Selbstbewußseins kennt. Sie ist ein aus der Art geschlagener Abkömmling der Verfahren, mit denen erwachsene bürgerliche Subjekte sich die Voraussetzungen des eigenen Willens so zurechtzubiegen, daß er dazu taugt, im Bewußtsein der eigenen Besonderheit, d.h. in der Regel: im Bewußtsein der eigenen Unbescholtenheit und Vortrefflichkeit, allen Anforderungen von Staat und Kapital gänzlich freiwillig nachzukommen. Diese Illusion der erwachsenen Manövriermasse von Kapital und Staat, der eigene Erfolg oder Mißerfolg hinge an ihrer Leistung, ihrer Leistungsfähigkeit oder gar an ihrer Fähigkeit, ihren Erfolgsanspruch erfolgreich zu demonstrieren, ist so alt wie der Kapitalismus selbst. Zu ihrer flächendeckenden, klassenunabhängigen Verbreitung hat sie gut ein Jahrhundert benötigt. Die in die Schlagzeilen geratenen Imitationen solcher Verfahren durch Teile des »Jungvolks« sind jüngeren Datums. Sie erhalten Nahrung dadurch, daß die Psychologie des Selbstbewußtseins ihrerseits Eingang gefunden hat in Familie, Schule und Freizeit.

■ Die *Politik* betrachtet die Sache schlichter. Sie registriert die Jugendgewalt als Ordnungsverstoß, dem sie wiederum entnimmt, daß es mit der Moral der Jugend nicht zum Besten bestellt ist. Die öffentliche Debatte stellt klar, welchen Ansprüchen die gewünschte, elementare, von jeder psychologischen Einbildung gereinigte Moral zu genügen hat; und daß jeder noch so »spinnerte« Gebrauch eingebildeter Freiheiten unter Mißbrauch zu zählen ist.

■ Die *Erziehungsverantwortlichen* aus Theorie und Praxis nehmen die Botschaft der Politik begeistert auf und kommen dem Auftrag, sich um die Moral der Jugend zu kümmern, mit Konzepten zu einer neuen Werteerziehung erziehungswissenschaftlich nach. Die »Aggressivität«, die sie bei Teilen des Nachwuchses am Werk sehen, führen sie auf einen Mangel an Triebkontrolle bzw. auf ein Wertevakuum zurück, dem sie mit einem reichhaltigen Angebot von Methoden zum »Aggressionsabbau« zu Leibe rücken wollen. Sie verfolgen den »Primat der Erziehung« vor dem »verkopften Unterricht« und möchten die Schule als moralische Anstalt neu etablieren.

Die öffentlichen Diagnosen

Die von Politik und Jugendforschung vertretenen Diagnosen über das Treiben der Kinder sind bemerkenswert: Sie drücken ein Erschrecken aus, das gar nicht so sehr dem Inhalt des inkriminierten Treibens gilt, als vielmehr dem Umstand, daß sich Kinder und Jugendliche so aufführen. Ihnen wird der *Wille* zu den inkriminierten Taten noch prinzipiell abgesprochen. Sie werden als Opfer ihrer unreifen Natur, von angeborener oder erlernter Aggressivität, von Gewalt im Fernsehen, der »Ellenbogengesellschaft«, von Manipulation und dem Versagen von Schule und Familie vorgestellt. All diese Urteile nehmen sich wie *Entschuldigungen* der jugendlichen Täter aus. Die Entschuldigung der Gesellschaft leisten sie nebenbei auch noch.

Die pädagogischen Rezepte

Was von Pädagogen an Rezepten zum »Aggressionsabbau« vorgelegt wird, entspricht diesen Befunden. Sie propagieren den Umbau der Schule zu einer Anstalt, in der der böse Aggressionstrieb keine Chance besitzt und sich moralisch wertvolles Verhalten einstellen muß. Sie wissen dabei um die Grenzen ihrer Vorschläge, sofern sie es mit Kindern zu tun haben, die ihre »Aggressivität« bereits austoben. Gegen diese Kids fällt ihnen schlußendlich immer nur die pädagogische Inszenierung des staatlichen Umgangs mit Jugendkriminalität ein: Strafdrohungen und Strafen. An keiner Stelle wird die Möglichkeit in Erwägung gezogen, daß die inkriminierten Heranwachsenden eine ganze Ansammlung *falscher Gedanken* über sich und ihre Welt im Kopf haben. Daß ihr rohes Verhalten ihre *Leistung* ist, die sich auf einen *Willensakt* gründet, der wiederum auf einem ziemlich komplizierten *Urteilsgefüge* basiert, wollen die Pädagogen ebensowenig wahrhaben wie den Umstand, daß bei dem Treiben die Moral des *selbstbewußten Erwachsenen* erkennbar Pate gestanden hat. Von ihren Rezepten ist also nichts zu halten.

Was die Untersuchung nicht erbracht hat –

das wissen fertige und angehende Lehrer sofort. »Mit Kritik allein ist uns nicht geholfen«, heißt ihr erster und Standardspruch, mit dem sie den Kritiker ins Unrecht setzen wollen. Ihnen fällt im Traum nicht ein, daß es vielleicht gar nicht darum gegangen ist, *Lehrern* zu *helfen*. Wie üblich wird von Kritisierten, die sich moralisch fürchterlich im Recht fühlen, beim Kritiker das Konstruktive eingeklagt. Richtig liegen sie damit nicht, auch wenn Generationen kritischer Lehrer anderes gepredigt haben. Aus der Kritik erwächst dem Kritiker keinerlei *Verpflichtung*, schon gar nicht die zur Lieferung einer Alternative. Diese begründet sich allein aus dem Zensurbedürfnis der hier Kritisierten: Zum Konzert pluralistischer Kritik sollen nur solche Gedanken zugelassen werden, deren praktische Schlußfolgerungen zur *Verbesserung* des Kritisierten einladen. Erlauben sie das nicht, empfehlen sie vielmehr,

»erst einmal mit Fleiß niederzureißen, um freien Raum für Licht und Luft zu gewinnen, welche überall sich von selbst einfinden, wo ein sperrender Gegenstand weggenommen ist«, wie es im »Grünen Heinrich« von Gottfried Keller heißt, dann kann die Kritik nichts taugen, weil ja der Gegenstand der Verbesserung »weggenommen« ist. Der Imperativ der konstruktiven Kritik erweist sich folglich als eine Meßlatte, die die Kritik nicht auf ihre Stimmigkeit, sondern auf ihre *Verträglichkeit* mit zugelassenen Reformen überprüft. Wo sich aber eine Kritik durch ihre konstruktiven Übergänge zu rechtfertigen hat, da ist über das Spektrum erlaubter Alternativen immer schon vorher entschieden.

Dabei gibt es – um einen allzu selten beherzigten Kalauer zu bemühen – nichts Konstruktiveres als eine zutreffende Kritik! Allerdings nicht für Lehrer, die »Hilfe« im Umgang mit den störrischsten Teilen des Nachwuchses erwartet haben. Dieses Bedürfnis wird hier nicht erfüllt. Ein Kritiker der herrschenden Erziehungsveranstaltung hat wenig Veranlassung, einen Beitrag zur domestizierenden Werteerziehung zu liefern, der die Schüler den gerade zurückgewiesenen Zwecken ausliefert. Auch der »Autoritätsverfall« der Lehrer bewegt ihn nicht zu konstruktiven Höhenflügen. Denn da er die Anliegen nicht teilt, zu deren Erledigung die Lehrer sich verpflichtet haben, mag er sich auch ihrer Autorität nicht annehmen. Selbst wenn sie am »Burn-out«-Syndrom leiden, ist ihm das kein Anlaß, Mitleid zu bekunden oder über Abhilfe nachzusinnen. Daß ein Mensch hierzulande an seinem Beruf leidet, adelt nicht den Menschen, und schon gar nicht den Beruf. Ohnehin geht die Unterstellung von Lehrern, *ihnen* müßte geholfen werden, da es doch um Jugendgewalt gehe, gänzlich an der Sache vorbei. Sie sind nämlich weder Zuständige noch Opfer. Als Lehrer sind sie unzuständig, weil (Mit-)Täter.

Erzieher sind entscheidend daran beteiligt, die Kinder in die psychologischen Techniken des geistigen Selbstbetrugs einzuführen: Lehrer machen Schüler mit der Lüge vertraut, an ihrer Leistung hinge ihr Schicksal. Sie ziehen alle Register des Motivationsschwindels und wollen den Schülern weismachen, es komme in der Schule auf ihren Willen an. Und sie sind es, die ausgerechnet an jugendlichen Randalierern einen Mangel an Selbstbewußtsein feststellen, den sie dann durch ordnungspädagogisch berechnete Dosen von Selbstbewußtseinspflege zu beheben versuchen. Eltern leisten ebenfalls ihren Beitrag, wenn sie ihre Kinder mit Ansprüchen aus der Erwachsenenwelt konfrontieren, die ihre Spuren hinterlassen, weil sie allzu bereitwillig akzeptiert werden, ohne daß die Kinder ihnen genügen können.

Ebenfalls geht es nicht um *Hilfe* für die Kinder und Jugendlichen, deren Umtriebe hier untersucht worden sind. Weder ist es vernünftig, Therapien gegen Aggressivität zu entwickeln, noch den Heranwachsenden Tips zu vermitteln, wie sie in Familie und Schule, im öffentlichen und geschäftlichen Leben, in der Lehre und den Freizeiteinrichtungen zurechtkommen, ohne die

Ordnung zu stören und entsprechend behandelt zu werden. Denn die Aggressivität ist eine Erfindung von Psychologen, und die Erfüllung des Wunsches zurechtzukommen, bedient nur die Anliegen der Sachwalter jener Verhältnisse, die diesen Wunsch hervorbringen.

Zu leisten ist vielmehr die *Kritik des falsches Bewußtseins von den Siegen und Niederlagen, die der Kapitalismus seinem »Menschenmaterial« bereitet.* Zu kritisieren ist die durchgesetzte Psychologisierung der Konkurrenzmoral und ihrer Ergebnisse, von der auch der Nachwuchs nicht verschont bleibt. Zu widerlegen ist die Ansammlung all der falschen Urteile, mit denen sich der heranwachsende und der fertige Mensch in seiner Welt einrichtet: Die angebliche Abhängigkeit der Chancen von den Leistungen, die der Leistungen von einer Leistungsfähigkeit, deren Aufwertung zum Indiz für den relativen Selbstwert der Person, diese Konstruktion selbst, einschließlich aller Veranstaltungen zur Pflege von Selbstbewußtsein. Da steht die Kritik des moralischen Rückzugs auf die eigene Wohlanständigkeit bei chronischem Mißerfolg »im Leben« ebenso an wie die Verwandlung aller Erfolge und Mißerfolge in Ehrfragen. Anzugreifen sind die Bemühungen, wenigstens im Privatleben den Siegertyp herauszukehren und honoriert zu bekommen, ebenso wie das Sicheinrichten in der Depression, die das Fehlurteil kultiviert, man sei nun einmal ein Versager. Wer Schüler, die sich in der Gossensprache zu überbieten versuchen oder mit ihrem Waffenbesitz angeben, für kleine Monster hält, aber an den angeberischen Ritualen Erwachsener, an den Selbstdarstellungskunststücken von Erfolgsmenschen nichts weiter auszusetzen hat, der hat nichts von dem begriffen, was die Chaos-Kinder treiben. Das gilt auch für Lehrer, die sich über die Brutalität auf dem Schulhof beschweren, es aber für in Ordnung halten, wenn sie ihrem »Lieblingsschüler« mitteilen, daß er, wie nicht anders zu erwarten gewesen sei, wieder einmal versagt habe; die an Schülern verzweifeln, die den Unterricht nur als Gelegenheit nehmen, sich vor den Mitschülern aufzuspielen, es aber zur Gewohnheit ausgebildet haben, über ein Soziogramm die Klasse »in den Griff« zu bekommen.

Ob sich allerdings diejenigen Kinder und Jugendlichen von *Argumenten* beeindrucken lassen, denen bereits »alles egal« ist, die als Maß zur Beurteilung ihrer Lage allein die von ihnen selbst inszenierten Überlegenheitsbeweise gelten lassen, ist mehr als fraglich. Schließlich läßt sich die Einbildung der Kids, sie seien überhaupt die Größten, selbst durch den gut begründeten Verweis auf die bestehenden »Kräfteverhältnisse« nicht irritieren, wenn sie ihre Gleichgültigkeit gegenüber Recht und Moral sogar als Beweis ihrer besonderen »coolness« bewertet wissen wollen. Wo das Interesse und seine Erfüllung sich bereits in Einbildungen bewegt, das Getue wahnhafte Züge annimmt, da versagen Argumente.

Dieser Befund ist bedauerlich. Er gibt den psychologischen und polizeipädagogischen Rezepten dennoch nicht im nachhinein Recht. Die geleistete theoretische Kritik hebt sich nicht dadurch auf, daß die praktische scheitert. Wenn zu konstatieren ist, daß es Menschen gibt, die »von allen guten Geistern verlassen« und deshalb nicht von ihrem Tun abzubringen sind, dann ist Kapitulation angesagt und allenfalls für Schadensbegrenzung zu sorgen. Erzieher, die das nicht einsehen, weil sie ihre Ohnmacht nicht *aushalten*, müssen natürlich »was tun«. Egal was! Das ändert an ihrer Ohnmacht nichts. Sie können sie so nur besser aushalten.

Ziemlich alle praktischen Interessen von Pädagogen bleiben also auf der Strecke. Das mag für sie ärgerlich sein, doch gibt es kein Gesetz, das besagt, daß das Objekt der Kritik mit dem Subjekt der neugewonnenen Einsicht zusammenfallen muß. Besonders deshalb fallen die Ambitionen von Lehrern und die Schlußfolgerungen aus der vorgelegten Kritik ziemlich auseinander, weil die Erziehungsbevollmächtigten sich einfach nicht von der *Idealisierung* ihrer Umwelt freimachen können. Immer wieder geben sie einerseits in ihrem pädagogischen Tun zu Protokoll, daß sie für die bürgerliche Gesellschaft viel übrig haben und ihr die tauglichen Nachwuchsmannschaften liefern wollen. Andererseits führen sie sich als Kritiker der jugendlichen Verwahrlosung auf, die eben dieser Kapitalismus hervorbringt. Es gehört geradezu zum Prinzip von Pädagogik, die Einrichtungen des Kapitalismus dadurch zu beschönigen, daß man sich die Vorstellung leistet, sie seien in ihrer Zweckbestimmung auch ohne das zu haben, woran sich Lehrer stören: So halten sie eifrig an einer Schule fest, die den Markt mit Berechtigungen füttert, sind aber gestandene Kritiker der Zensurengebung – ohne die eine solche Schule nun einmal nicht funktioniert. So sind sie Anhänger der Familie, mit ihrer Einkommensabhängigkeit und ihrer Erziehungszuständigkeit, schelten aber die Eltern für ihr »Versagen« in der vorschulischen Moralerziehung des Nachwuchses – die in der »modernen Familie« von Doppelverdienern, Schichtarbeitern, alleinerziehenden Müttern oder Arbeitslosen zwangsläufig ist. So bringen sie dem Nachwuchs bei, daß Marktwirtschaft, gerade weil sie eigentlich dem Wohl aller Bürger verpflichtet sei, nicht immer so viel Arbeitslose produzieren darf. Sie wollen jedoch nichts davon wissen, daß gerade die Praxis des Heuerns und Feuerns ein Mittel ist, die von ihnen geschätzte Marktwirtschaft am Laufen zu halten. Sie wünschen sich die vollständige bürgerliche Gesellschaft, jedoch immer ohne die notwendig zu ihr gehörigen »Begleitumstände«, an denen sie sich stören. Sie wollen nicht begreifen, daß das eine ohne das andere nicht zu haben ist. Wenn sie – anders gesagt – die Abschaffung aller aufgelisteten Ärgernisse von der Jugendverwahrlosung über die Arbeitslosigkeit bis hin zur Umweltzerstörung propagieren, dann müssen sie sich klarmachen, daß sie einer Umwälzung der dafür zuständigen Produktionsverhältnisse das Wort reden.

Dieser Idealismus ist es auch, der Pädagogen in der Frage der praktischen Alternative so intransigent werden läßt. Dem Befund, daß es nun einmal

»kein gutes Leben im schlechten gibt«, setzen sie ihre Berufslüge entgegen, daß es »kein schlechtes Leben im prinzipiell guten zu geben braucht«. Schlau wie sie sind, erklären sie sich mit allen kritischen Befunden schnell einverstanden, haben schon immer alles gewußt und geben doch zugleich mit der Frage nach der Alternative und nach dem praktischem Ratschlag zu verstehen, daß sie das Entscheidende des Befundes wieder einmal verpaßt haben bzw. überhören wollten. Den alles andere als zufälligen Zusammenhang zwischen jugendlichen Gewalttaten, der Psychologie des bürgerlichen Individuums und der politischen Ökonomie des Kapitalismus, den unterschlagen sie ein um das andere Mal.

So gesehen ist ihnen erst zu helfen, wenn sie sich selbst geholfen und ihrem berufsbedingten Idealismus abgeschworen haben. Dann liegen die *Konsequenzen*, die aus der Untersuchung folgen, auf der Hand. Alle nötigen Argumente sind im Text nachzulesen. Sie sollen diejenigen überzeugen, die ernsthaft ratlos vor der »gewalttätigen Jugend« stehen und einen Erklärungsbedarf anmelden. Wenn sie sich selbst in der Kritik wiedererkennen, ist viel gewonnen. Denn dann sind nicht mehr die *aus*gerasteten Kinder, sondern zugleich die unter falscher Anstrengung des Verstandes *ein*gerasteten Erwachsenen das Thema. Dann geht es nicht mehr allein um die Kritik der zum öffentlichen Skandal erklärten Spitze, sondern um die Aufarbeitung des gesellschaftlich geschätzten Eisberges geistiger Integrationstechniken.

Deswegen ist die Kritik auch keine Domäne der Schule. Erzieher können sich daran beteiligen, wenn die Frage geklärt ist, wie sich die Erziehung der Erzieher bewerkstelligen läßt. Die Kritik setzt weder auf Betroffenheit, noch wendet sie sich bevorzugt an die jugendlichen Täter. Sie setzt unabhängig von Alter, Stand und Klassenzugehörigkeit, unabhängig von Amt und Beruf allein auf das Interesse an *Einsicht* in die Irrationalismen, die sich als psychologischer Überbau über den bürgerlichen Konkurrenzveranstaltungen in Schule, Politik und Ökonomie türmen. Und in der Logik dieser Einsicht liegt es, daß sie sich kaum damit begnügen wird, das *falsche Bewußtsein* zu sezieren, aber die *»falsche« Wirklichkeit*, die zu diesem Bewußtsein anstiftet, um es zu gebrauchen, unangetastet zu lassen.

Anmerkungen

Anmerkungen zu Kapitel 1

[1] Alles aus Korte, Gratzer, Bründel/Hurrelmann und Preuschoff/Preuschoff u.a. Die in den einschlägigen Publikationen ebenfalls unter dem Titel »Gewalt in der Schule« bzw. »Jugendgewalt« subsumierten Übergriffe Jugendlicher gegenüber *Ausländern* habe ich im folgenden nicht berücksichtigt. In dieser Abhandlung geht es *nicht* um die *politischen* Urteile und Taten von Skins und anderen rechtsradikalen Jugendlichen. Sie fallen ganz in die Erklärung des Nationalismus, die ich an anderer Stelle vorgenommen habe. (vgl. Huisken 3) Zwar ist nicht von der Hand zu weisen, daß sich jene Jugendlichen, die im Zentrum dieser Abhandlung stehen, gelegentlich aus gänzlich unpolitischen Gründen rechtsradikalen Gangs anschließen und sich aus »purer Lust an der Randale« an Schlägereien mit Ausländern beteiligen. Doch begründet diese Beobachtung die Gleichsetzung von rechtsradikaler Ausländerfeindlichkeit und unpolitischer Jugendgewalt gerade nicht. Schon gar nicht gibt sie den Beleg dafür ab, quasi im Umkehrschlußverfahren die Ausländerfeindlichkeit von Jugendlichen insgesamt jeglichen politischen Gehalts zu entkleiden, wie dies bei Heitmeyer, Möller, Hurrelmann u.a. geschieht. Sie belegt umgekehrt die Notwendigkeit einer theoretischen Differenzierung zwischen politischen Rechtsradikalen und vergleichsweise unpolitischen Mittätern. Wenn sich in den Taten beide zusammenfinden, dann geht es bekanntlich den ersteren darum, Deutschland ausländerfrei zu machen. Den Mitmachern mag zunächst der politische Gehalt der »Randale« gleichgültig sein. Aber auch sie werden sich spätestens dann, wenn ihre Gleichgültigkeit mit dem Rassismus kollidiert, wenn sie eine Prügelei ausgerechnet mit Skins anfangen wollen oder umgekehrt die Skins ihre türkischen Freunde überfallen, dem politischen Standpunkt stellen müssen. Eine neue »Heimat« finden sie bei Rechtsradikalen eben nur, wenn ihnen einleuchtet, daß nur bestimmte Menschen Prügel verdienen – die »undeutschen Elemente«.

Nur den betroffenen Ausländern können die disparaten Motive der Täter gleich sein. Doch deren Standpunkt hat die genannte Literatur nun wirklich nicht eingenommen.

[2] Alle Fragen sind wörtlich oder leicht umformuliert dem Spiegel, Zeitungen, Fernsehsendungen und der wissenschaftlichen Literatur entnommen.

[3] Bründel/Hurrelmann (1), S. 3.

[4] Da mag es inzwischen eingerissen sein, daß ein Publikum sich an Fouls delektiert und im Sport Blut und Crashs sehen will. Doch funktionieren Sportveranstaltungen, in denen es ordentlich »zur Sache geht«, überhaupt nur, wenn sich die Kontrahenten an Regeln halten, die ihre Logik daraus beziehen, daß die eingesetzte Körpergewalt den Wettkampf nicht ruiniert, sondern ihn spannend macht. So fühlt sich dasselbe Publikum beim Knockout in der ersten Runde betrogen, entscheidet ein Ringarzt über die Kampffähigkeit angeschlagener Boxer, so wird über die Grenze zwischen hartem Spiel und Fouls gestritten usw.

[5] Held (Red.), Zur Psychologie..., S. 13.

[6] Vgl. Preuschoff/Preuschoff (2), S. 25.

[7] Vgl. etwa Bründel/Hurrelmann (1), S. 3.

[8] Immer wieder erlebe ich, daß in Diskussionen geradezu empört auf den materialistischen Standpunkt dieser Kritik verwiesen wird. Dabei lebt diese Empörung gar nicht von einer *Kritik,* sondern von einer – vielfach geheuchelten – moralischen *Denunziation des* Materialismus. Seine Gleichsetzung mit Egoismus und dem Konsumrausch des nimmersatten Allesraffers verweist dabei nur allzu deutlich auf die Botschaft dieser Materialismuskarikatur: Unersättliche und rücksichtslose Menschennatur ist schuld an Verteilungsunfrieden, am Nord-Süd-Gefälle und an maßloser Produktion von überflüssigem Ramsch, die nicht zuletzt auch die Umwelt zerstört. Soweit die zeitgemäße Moral für die den Einkommensbeziehern von Politik und Wirtschaft aufgemachte Notwendigkeit, mit weniger Lohn, höheren Steuern und Abgaben den eigenen Lebensunterhalt bestreiten zu müssen. Diese Moral gibt sich damit als Schönfärbung aller Abstriche zu erkennen, die Menschen von *ihren Wünschen und Zielen* machen *müssen.* Sie verweist nur allzu deutlich auf den materialistischen Ausgangspunkt aller praktischen und geistigen Anstrengungen, sich das Scheitern zu erklären oder gar als moralische Erfüllung zurechtzulegen. Übrigens kommt diese Kritik nicht selten von Studenten, die sich über die Kürzung des Bafög, über die Erhöhung der Mensapreise bzw. der Mieten lautstark beschweren.

[9] Die durch die Literatur – s. Heitmeyer, Hurrelmann, Möller etc. – geisternde Frage nach der »Gewaltbereitschaft« von Kindern und Jugendlichen lebt von der Unterstellung, daß diese Kinder für ihre brutalen Taten keine für sie gültigen Gründe haben können. So wird denn auch fleißig geforscht, wie bei jemandem die Bereitschaft zu einer Gewalttat hergestellt wird, der sie eigentlich nicht wollen kann. Vgl. dazu auch Kapitel 3. Punkt 3.

[10] Es darf an dieser Stelle schon erwähnt werden, daß diese »Coolness« – überliefertermaßen – zu den Tugenden von Indianern gezählt wird und unter ihnen als solche galt, und daß es auch unter den Weißen als ein Moment des Heldischen gilt, im Kampf keine Blöße zu zeigen. Auch faschistische Verlaufsformen davon sind bekannt.

[11] Es soll zur Vermeidung interessierter Mißverständnisse darauf verwiesen werden, daß die hier vorgestellte vollständige *Logik* der Jugendgewalt nicht immer und in jedem Einzelfall mit der Person eines dieser Jugendlichen zusammenfällt. Einige von ihnen haben sie als *Tour* drauf, andere *leben* sie. Einige erschrecken schnell vor den Konsequenzen und kehren zu anerkannten Formen, diesem Motiv zu folgen, zurück. Und bekanntlich sind selbst die »coolen Typen« dann häufig sehr umgänglich, wenn man sie nicht in jenem Zusammenhang antrifft, in dem sie sich in ständiger Beweisnot wähnen.

[12] Vgl. dazu die von Grauer, Zinnecker u.a. vor Jahren angezettelte Debatte. Vgl. dazu Diop, S. 12ff.

[13] Überschrift der Titelstory im Spiegel Nr. 3/1994, S. 70ff.

[14] Bründel/Hurrelmann (2), S. 9.

[15] W. Heitmeyers Theorie von den »Schattenseiten der Individualiserung« –

der Spiegel 3/96 präsentiert sie als Theorie von den »Schattenseiten der neuen Freiheit« und ist damit volkstümlich und zugleich zutreffend dicht an der Behauptung dran, daß »unsere Jugend durch die Freiheit verwöhnt wird und deswegen über die Stränge schlägt« – habe ich an anderer Stelle kritisiert. (vgl. Huisken, (4)).

[16] Vgl. Spiegel 3/1994, S. 89. Es stellt sich immanent im übrigen sofort die Frage, warum es eigentlich nur eine Eigenschaft der Jugend sein soll, für »Gewalt im TV« anfällig zu sein. Warum besitzen Erwachsene sie nicht? Ohne tautologische Zusatzannahmen, denen zufolge sich ein Erwachsener dadurch *auszeichnet*, daß er dagegen gewappnet ist, ist diese Sortierung nicht zu haben. Übrigens läßt sich mit dieser Tautologie dann – unbefugte – Gewalt von Erwachsenen schnell auf ihr kindliches Gemüt zurückführen und umgekehrt an kindlichen Gewalt*kritikern* eine frühe Reife konstatieren.

[17] Daß die Verwendung des Tucholsky-Zitats von den Soldaten, die »Mörder« sein sollen, zu einiger Aufregung geführt hat, ist diesem Umstand zu verdanken. Wer im Staatsdienst tötet, der kann kein Mörder, mithin: Verbrecher sein, befinden Rühe und das Bundesverfassungsgericht. Die Bundeswehr-Kritiker hätten daraus schlau werden und ihre Verwechslung von Recht und Moral begreifen können. Sie sind es nicht geworden; was drauf schließen läßt, daß es ihnen ohnehin nur darum zu tun war, den Staat mit der Moral des Gewaltverzichts zu blamieren, die dieser doch gerade zur Legitimation seines Gewaltmonopols in die Welt gesetzt hat.

[18] Das lernen Kinder heute, nicht aber wie Eisenberg/Gronemeyer wähnen, daß »der Stärkere triumphiert« (S. 125). Noch im »primitivsten« Horrorvideo geht es immer irgendwie um das Verhältnis von Recht, Moral und Gewalt.

Eine umfassende Kritik der Gewalt hätte im übrigen mehr zu leisten als darauf zu verweisen, daß es »ungehörig« ist, einen konträren und nicht durch gute Worte zu beeinflussenden Willen dadurch gefügig zu machen, daß man ihn bricht. Sie hätte vielmehr die Frage zu stellen, woran es liegt, daß die herrschenden Verhältnisse ohne den nahezu flächendeckenden Einsatz von Gewalt nicht auskommen. Sie hätte zu fragen, um welche Interessen es sich handelt, die sich notwendig nur mittels der chronischen Schädigung anderer Interessen durchsetzen. Und sie hätte damit nach dem Grund jener, von K. Marx am Kampf um die Schranken des Arbeitstages erklärten »Antinomie, Recht wider Recht« zu fragen, deren Auflösung sich bis heute als Sache der Gewalt darstellt. (vgl. K. Marx, Das Kapital, Bd. 1, in: MEW Bd. 23, S. 249)

Gewalt*kritik* ist also nicht mit moralischer Parteinahme für einen Gewalt*verzicht* zu verwechseln, der unter den herrschenden Verhältnissen ohnehin keine Gültigkeit hat und auch von den politischen Gewaltfreiheitsaposteln nicht zum Maßstab ihrer Taten gemacht wird. Dies auch an die Adresse von Kriegsdienstverweigerern, deren Anhörungen bekanntlich davon leben, daß ihnen eine moralische Antinomie aufgemacht wird, deren Auflösung wegen persönlicher Betroffenheit die Entscheidung für eine Gewalttat einschließt. Der regelmäßig dann triumphierend den ertappten Pazifisten vorgehaltene Widerspruch ist übrigens deswegen keiner, da er von der Verwechselung der *Notwendigkeit* einer Maßnahme mit ihrer *Billigung* lebt.

[19] Wie soll man denn auch beispielsweise in einem Streit um eine Aneignung von Land und Vieh zwischen Gut und Böse unterscheiden, wenn die eine Partei sich auf ihr Bedürfnis und die andere sich auf einen Fetzen Papier beruft? Beispielhaft vorgeführt wird dieses »Dilemma« in dem Roman von J.F. Cooper, Tausendmorgen.

[20] Daß gelegentlich die Schurken die Guten – wieso weiß man dann, daß sie Schurken sind? – und die Träger von Amtsgewalt die Bösen sind, ist ein dramaturgischer Kunstgriff, der uns nur mitteilen will, daß es sich andersherum gehört. Deswegen wird denn auch nicht die Polizei aufgelöst, sondern der korrupte Beamte aus dem Staatsdienst entfernt.

[21] Preuschoff/Preuschoff (2), S. 23.

[22] Das gilt auch für die Theorie, derzufolge Kinder nur die Gewalttätigkeit ihrer Eltern nachahmen würden. Daß Kinder wegen der blauen Flecken und der Striemen auf ihrem Allerwertesten selbst das Prügeln beginnen, ist genauso wenig zwangsläufig wie ein darauf gegründetes Vorhaben, später die Erziehung der eigenen Kinder auf jeden Fall *ohne* Schläge zu bewerkstelligen. Empirikern, die darauf verweisen, daß doch Häufigkeitsuntersuchungen eine eindeutige Sprache sprechen, soll nicht widersprochen werden. Das Faktum kann gar nicht bestritten werden, sondern nur die mit der empirischen Untersuchung einhergehende Erklärung. Wenn Kinder aus Elternhäusern, in denen geschlagen wird, häufiger selbst zuschlagen, dann nicht deswegen, weil sie Prügel *erhalten,* sondern weil sie die Prügel als allein wirksames Durchsetzungsmittel *erfahren und akzeptiert* haben.

[23] Wohingegen es ein Grundmuster faschistischer Konkurrenz ist, zu dem Leistungsvergleich nur diejenigen zuzulassen, die es nach den rassistischen Kriterien wert sind, fürs Vaterland Dienste zu erbringen, die z.B. als Arier zu der von der Vorsehung zum Sieg auserkorenen Rasse gehören.

[24] Gratzer, S. 22.

[25] Bründel/Hurrelmann (2), S. 253.

[26] Langweilig ist die Frage, weil sich der Erkenntniswert der erteilten Auskunft zwangsläufig in engen Grenzen hält. Sie klärt allein, ob die Kids originell verfahren oder für ihr Verhalten Vorbilder haben. *Was* denn da im Einzelnen und *wozu* gelernt wird, was ihr eigentlicher *Inhalt,* was ihre *Leistung* und was ihr *Grund* ist, das interessiert bei der Frage nach der *Herkunft,* nach dem *Lernort* kindlicher Brutalitäten weniger.

[27] So setzt sich eine verhältnismäßige Leistungsbeurteilung dadurch in Sieg oder Niederlage um, daß die Rangplätze mit dem Angebot korreliert werden. Da mag ein Mensch nach Gewichtung aller seiner Leistungen und Eigenschaften auf dem Rangplatz 3 der Bewerberliste des Personalbüros stehen, und doch gehört er wie der Letzte auf der Liste zu den Verlierern, wenn der Betrieb nur zwei Arbeitsplätze zu besetzen hat.

Nicht selten – so z.B. auf dem Arbeitsmarkt – korreliert sogar die Zunahme der Bewerberzahl mit einem Rückgang der Konkurrenzobjekte. Die gelten dann als »naturgemäß knapp«. Das ist zwar nicht die Wahrheit, denn es ist nun einmal weder die Eigenschaft von Wohnungen noch die von Arbeitsplätzen oder von Bildungsgelegenheiten, »knapp« zu sein. Vielmehr werden sie immer so knapp gehalten, wie dies der Logik der privaten Eigentümer oder des bürgerlichen Staates entspricht. Arbeitsplätze werden nicht geschaffen, um all denen ein auskömmliches Einkommen zu verschaffen, die darauf angewiesen sind. Und auch die Anzahl an Studienplätzen ist keine abhängige Variable des privaten Bedarfs an Bildung. Arbeitsplätze taugen in der Marktwirtschaft allein für den lohnenden Einsatz von Arbeitskräften. Dafür ist zwar das Überangebot an Arbeitslosen eine günstige Voraussetzung, und deswegen nicht das entscheidende Maß. Das bestimmt sich über den Markt der Güter und Gelder. Mit Wohnungen verhält es sich ähnlich, weswegen es auch kein Widerspruch ist, daß der unerfüllten Nachfrage nach Wohnraum leerstehende Wohnungen gegenüberstehen. Die wollen eben nicht bezogen, sondern als Einnahmequelle benutzt, d.h. vermietet werden. Im Bildungsbereich diktieren zwar nicht Preise, Löhne und Renditen das Konkurrenzgeschehen. Doch befinden staatlich vorgegebene Übergangs- und Abgangsquoten darüber, wer vom Nachwuchs jener Bildung teilhaftig wird, die als Voraussetzung für höhere »Lebensqualität« gehandelt wird, und wer sich in jene Arbeitsmärkte einzufädeln hat, in welche die gesellschaftlichen Verlierer eingewiesen werden.

[28] Gewisse zugestandene »Verteilungsungerechtigkeiten« erschweren die Schmiedearbeit am eigenen Glück ein wenig. Doch sind sie weitgehend zu vernachlässigen, zumal der theoretische Streit darüber, ob sie Beleg für die Erfolgsaussichten sind, die hier jedermann zu Gebote stehen, oder ob sie doch eher dafür stehen, daß dem Erfolgsstreben Klötze in den Weg gelegt werden, wegen fehlender Entscheidungsnotwendigkeit vertagt ist.

[29] Vgl. K. Marx, Das Kapital, Bd. 1, S. 98.

[30] Auch die Erfindung des Feminismus und die Entdeckung von Patriarchat und Machismo verdankt sich dieser Psychologik des Selbstbewußtseins. Wo Frauen ihr Frausein hochhalten und gewürdigt wissen wollen, wo sie die Männer spiegelbildlich dazu in all ihrem Tun und Denken immer nur als Äußerung ihrer, alles Frauliche unterdrückenden Männlichkeit betrachten, da kommt das tatsächliche Unterdrückungsverhältnis im Kapitalismus und wie es sich des Geschlechterverhältnisses in unterschiedlicher Weise – über die Mutter am Herd und über die emanzipierte »Doppelverdienerin« – *bedient*, schon gar nicht mehr vor. Da wollen Frauen nur noch in ihrer moralisch verklärten, *geschlechtlichen Besonderheit als Frau* anerkannt werden. Das reicht ihnen dann. Für die Typen, die den Macho herauskehren, gilt dasselbe. Auch diversen maskulinen Tröpfen gilt die Bewunderung ihrer Männlichkeit als größte Würdigung ihrer Person.

[31] Übrigens gehört die Kritik der Gartenzwerge in diese Abteilung und nicht in die geschmacksabhängige Einsortierung als Kitsch.

[32] Es gibt auch eine proletarische Variante dieser Angeber-Tour. Sie heißt, es könne einem niemand etwas vormachen, weil man ja Arbeiter – oder Arbeiterkind (Blüm) – sei. Dieses Klassen-Selbstbewußtsein plustert sich damit auf, daß der Mensch dem Kapital bereits alle nur erdenklichen Opfer gebracht hat. Das soll dann nicht gegen die kapitalistische Arbeitswelt sprechen, sondern für ihre freiwil-

ligen Knechte, die dies als Beweis ihrer eigenen Vortrefflichkeit bzw. der Unverwüstlichkeit der Arbeiterklasse vor sich hertragen.

[33] Entwicklungspsychologische Politiktröster erklären die offenkundige Zunahme der Roheit unter Heranwachsenden gern zu einem Phänomen *natürlicher Unreife*, die sich mit dem Alter auswächst. Der Mensch, so wissen sie, muß erst lernen, mit seinem Aggressionstrieb umzugehen. Natürlich haben sie unrecht. Nicht nur, weil dieser Aggressionstrieb eine Erfindung ist – vgl. dazu Kapitel 3 –, sondern weil die genannten Brutalitäten mit dem natürlichen Lebensalter überhaupt nichts zu tun haben. Einiges haben sie dagegen mit dem zu tun, was die Gesellschaft mit Kindern und Jugendlichen *anstellt*, ihnen in Familie und Schule abverlangt, mit ihnen vorhat, und mit den Schlußfolgerungen, die die Kinder aus der gesellschaftlichen »Hege und Pflege« ziehen.

[34] Vgl. K. Held (Red.), Die Psychologie ..., S. 11.

[35] Das literarisch vielfach gepriesene Glück des Kinderlebens löst sich damit in die Befreiung *von* Reproduktionsnotwendigkeiten auf, deren Pendant die Freiheit *zum* Spielen darstellt, also eine Beschäftigung, in der weder das Gesetz der Wahrheit, noch der Zwang der Wirklichkeit bestimmende Größen sind. Imagination und freie Verabredung regieren das Spiel, das nicht umsonst mit dem Eintritt in die Schule ins zweite Glied zu rücken hat.

[36] Zwar modifiziert sich je nach Klassenzugehörigkeit und Bildungsgrad der Eltern das Familienleben und damit die Stellung des Nachwuchses, doch bleiben die genannten Prinzipien unangetastet. Und daß Eltern sich darum bemühen, ihre Kinder, früher als es die Schule vorsieht und die Polizei erlaubt, über die Notwendigkeiten aufzuklären, denen Familie in dieser Gesellschaft zu gehorchen hat; daß sie versuchen, mit dem kindlichen Materialismus anders umzugehen, als ihn mit Strafen zu bremsen, ist ohnehin die leider zu vernachlässigende Ausnahme.

[37] Jugendforscher liegen also in jeder Hinsicht daneben, wenn sie behaupten: »Wer Gewalt in der Familie als erfolgreiche Konfliktlösungsstrategie erfahren hat, wendet sie später mit hoher Wahrscheinlichkeit an.« (Gratzer, S. 32) Erstens stimmt – wie oben gezeigt – die Behauptung sowieso nicht. Und zweitens kommt es in der bürgerlichen Erziehung wirklich auf die Funktion der Prügel an. Deswegen darf ein Präsident Herzog in der Bild-Zeitung von der pädagogischen Wohltat der Tracht Prügel berichten, die er gelegentlich seinen Söhnen verabreicht hat, ohne als Kinderschänder und Wegbereiter von Jugendgewalt beschimpft zu werden. Jedermann ist sich sicher, daß Prügel des Präsidenten nicht Aufsässigkeit hervorrufen, sondern eine heilsame moralische Wirkung besitzen.

[38] Natürlich nimmt dieses »Versagen« in dem Maße zu, wie es der Familie schwerer gemacht wird, ihre Funktionen zu erfüllen: Familie soll den Erwachsenen ihre Lohnarbeitspflicht ermöglichen und sie im Familienverband nicht verkommen lassen, wenn sie gesellschaftlich nicht mehr gebraucht werden; sie soll die Kleinen vor sich selbst behüten und auf ihre Pflichten in Schule und Gesellschaft vorbereiten. Macht sie das nicht, hat sie versagt, ist nicht mehr intakt und wird deshalb wieder als »das Fundament von Staat und Gesellschaft« (Schäuble) neu beschworen. Mit großem Aufwand wird die Familie, dieser in die Staatspflicht genommene

private Zusammenschluß von Menschen, die sich irgendwann sogar einmal gemocht haben sollen, neuerdings wieder als Schicksals-, Solidaritäts- und Wertegemeinschaft gepriesen. Allerdings nicht, weil man ihr alle nötigen Mittel – Kindergartenplätze, Wohnraum, Garten, ausreichendes Einkommen und großzüge Staatshilfe im Notfall etc. – wieder zukommen lassen will, sondern umgekehrt: weil ihr zunehmend all das noch weiter zusammengestrichen wird, setzt man staatlicherseits schwer auf Familie. In der Tat läßt sich das Ansinnen, Einkommen und soziale Leistungen durch Moral zu kompensieren, kaum zynischer zum Ausdruck bringen: »Die Familie – nie war sie so wertvoll wie heute!« (W. Schäuble, S. 111) *Versagt* hat dabei nichts und niemand: Denn wenn der Familie heute zugemutet wird, jede Beschädigung, die einem Familienmitglied in der großen weiten Welt zuteil wird, in den »eigenen vier Wänden« zu verarbeiten, und dabei nach wie vor treue und brauchbare Bürger zu produzieren, obwohl ihr dafür immer weniger materielle Mittel zu Verfügung stehen, dann gelten eben für die *alten Dienste*, die der der Staat von seiner »Keimzelle« Familie erwartet, *neue Maßstäbe*. Das ist – einschließlich der Kampagne zur Erneuerung des Familiensinns – genau so bezweckt. Negative Wirkungen verbleiben erst einmal in der Familie. Falls die offenkundige »Verwahrlosung« des Volks darüber zunimmt, Kriminalität und »Jugendgewalt« sich weiter störend bemerkbar machen, dann wird die Moral eben um Ordnungsmaßnahmen ergänzt werden müssen.

Zufall ist diese Entwicklung nicht. In zunehmendem Maße gerät die repoduktionsnotwendige Erhaltung und Pflege des familialen Zusammenhangs in Widerspruch zu den Gesetzen einer Arbeitswelt und der aktuellen Umrüstung des Sozialstaats. Die Arbeitswelt setzt ständig weniger Arbeitskräfte für mehr Leistung ein, und zwar unter Flexibilitätsbedingungen, die jede für den Familienerhalt notwendige Regelmäßigkeit zerstören, und unter Einkommensverhältnissen, die wenig Spielräume lassen.

Es sollen Familien unter rapide verschlechterten Einkommens- und Arbeitsbedingungen vermehrt für wachsende »Lebensrisiken« einstehen, die ihnen die schöne Marktwirtschaft beschert. Das hinterläßt seine Spuren. Wenn also Flexibilität und Schicht-Arbeit, Arbeitslosigkeit, Überstunden, Lohnkürzungen, beengte Wohnverhältnisse, Krankheit plus nicht geplantem Nachwuchs das Familienleben ausmachen, dann ist für die Kinder eben keine Zeit übrig. Sie sind vielmehr eine einzige Last, sind im Wege, machen Krach, viel Arbeit, kosten Geld, wollen ständig irgendetwas, was andere Kinder bereits besitzen – sind eben Kinder. Und das bekommen sie brutal zu spüren.

[39] An diesem Ideal strickt inzwischen eine ganze Industrie. Das beginnt mit dem Kinderfernsehen, in dem Kinder in der Mini-Playback-Show – um das abstoßendste Angebot dieses Genres zu nennen – Tina Turner oder Michael Jackson imitieren und sich einbilden dürfen, etwas von ihnen zu verkörpern; eine Verirrung, die inzwischen zum Hit im Musikunterricht geworden ist. Das setzt sich fort in Kinderspielzeugwarenhäusern, die auf mehreren Stockwerken das Bedürfnis von Kindern nach »Spielzeug«, mit dem man vor Gleichaltrigen angeben kann, bedienen.

[40] Prompt wird die Jugend für *verwöhnt* gehalten. Bei einem Blick in ein Kinderzimmer entdecken Pädagogen in den Spielsachen nicht das Elend der Stillstell-Erziehung, sondern nur »Güterüberfluß«, mit dem bekanntlich »jeder Untergang einer menschlichen Kultur« beginnt. Sie wissen, daß dort, wo »Genußverzicht oder -aufschub nicht mehr geübt werden«, einer »Anspruchshaltung der Weg geebnet wird, die zur Herrschsucht und zu Konflikten mit der Umwelt« führt (s. H. Lang, S. 152f.). Wo sich Eltern nicht ordentlich um ihre Kinder kümmern (können), da entdecken sie die »Saat der Gewalt« (s. H. Lang, S. 151) und empfehlen die frühzeitige Konfrontation mit dem »Ernst des Lebens« oder gleich den Arbeitsdienst als die richtige Kur.

[41] In diese Abteilung fallen auch jene Appelle an »die Vernunft«, in denen Vernunft mit Gehorsam gleichgesetzt ist. Es sollte sich zudem von selbst verstehen, daß die Kritik nicht als ein Plädoyer für das »Recht auf Kindheit« mißverstanden werden darf. Kinder kindisch zu lassen, ist ebenso unvernünftig wie die berechnende moralische Konfrontation mit dem Erwachsenenideal. Im einen Fall wird die Dummheit als ihre Freiheit, im anderen Fall der frühzeitige Wille zur Anpassung als ihre Autonomie vorgestellt.

[42] Vgl.dazu z.B. näheres in: Huisken (2), S. 266ff.

[43] Pflichten werden dabei nicht als das vorgestellt, was sie sind, nämlich als *fremde* Interessen, die über ausreichende Durchsetzungsmittel verfügen, sondern als eine Abteilung des eigenen freien Willens. Der erscheint dann immer verdoppelt in Interesse und Pflicht, in Wollen und Sollen. An der Strafpädagogik bemängelt die heutige Erziehungswissenschaft deswegen auch nicht einen fehlenden Erfolg oder die Auswirkung der Strafen aufs Lernen. Sie bemängelt vielmehr die in dieser Konzeption bei den Schülern unterstellte und befestigte *geistige Distanz zum Sollen.* Die stört, einschließlich ihrer Nebenwirkungen in den Abteilungen Schulklima, Lernatmosphäre und Stellung zum Lehrer.

[44] Die Frage, warum sich diese Phänomene gerade *heute* zeigen, warum »die Jugend« nach 1945 oder in der Weimarer Republik ein anderes Gesicht hatte, ist berechtigt. Sie löst sich in die Frage auf, woran es liegt, daß sich die Bürger in den letzten Jahrzehnten zu selbstbewußten Untertanen gemausert und die psychologische Deutung ihrer Rolle in der bürgerlichen Gesellschaft zum Lebensprinzip erhoben haben. Woran es liegt, ob die Menschen sich im Bewußtsein, daß sie ohnehin nichts zu sagen haben, oder im Bewußtsein, sie seien überhaupt die Macher des ganzen Ladens, zur Erfüllung aller Auflagen der bürgerlichen Gesellschaft verstehen, das wird schon ein wenig damit zusammenhängen, welche Freiheiten für das Volk die politische Führung für opportun hält. Und kein großes Geheimnis plaudert man aus, wenn man festhält, daß diese funktionellen Freiheiten immer auch mit den Erfolgen von Nationen zusammenhängen.

[45] Die gewöhnliche Tour, aus der *Umkehrung* einer kritischen Diagnose ein neues wohlfeiles Konzept zu basteln, möge man mir bitte nicht unterstellen. Weder befürworte ich die Rückkehr zur klassischen geordneten Familienerziehung, noch weine ich jener funktionierenden Schule, die ich selbst genossen habe, eine Träne nach. Und schon gar nicht bin ich dafür, die Kinder früher mit dem

»Ernst des Lebens« zu konfrontieren. Es fällt mir im Traum nicht ein, das *Funktionieren* gesellschaftlicher Einrichtungen getrennt von den *Zwecken* zu beurteilen, denen sie dienen.

Anmerkungen zu Kapitel 2

[1] Übrigens hat man sich aus der Debatte, ob es wirklich so etwas wie eine *Zunahme* der Jugendgewalt gibt, tunlichst herauszuhalten. Sie ist erstens müßig, weil die Sache selbst ohne eine neue Quantität ärgerlich genug ist und einer theoretischen Klärung zugeführt werden muß. Sie ist zweitens ideologisch, da jeder öffentlich ausgebreitete Befund von einem entsprechenden Interesse diktiert ist: Die Dramatisierung der Lage will die Forderung nach mehr staatlicher Raison untermauern. Die Entlarvung der Dramatisierung will die Ehre der Schule retten (vgl. Kapitel 3).

[2] Spiegel 33/95, S. 158.

[3] Das halten selbst gestandene Politiker manchmal nicht aus. So ist aus dem ehemaligen bayrischen Innenminister Gustl Lang, der die Asylgesetzgebung seinerzeit mit getragen hat, ein Asylgesetzgegner geworden. Er hat in seiner Praxis als Anwalt die Erfahrung gemacht, daß die Exekution des neuen asylpolitischen Prinzips Formen der Rücksichtslosigkeit gegenüber Asylbewerbern einschließt, die er nicht als staatsnotwendig bewertet.

[4] Schwind/Baumann, S. 25.

[5] Schäuble, Und der Zukunft..., S. 55f.; zur Kritik der Moral vgl. Huisken (1), S. 54ff.

[6] Vgl. dazu auch den Artikel: Die Moral auf dem Vormarsch, in: Gegenstandpunkt Heft 1/95, S. 185ff.

[7] Die Maßstäbe, die von Politikern regelmäßig prüfend an Inhalt und Intensität der Volksmoral angelegt werden, verdanken sich nicht einem feststehenden Moralkodex, sondern den jeweiligen Anliegen der Politik des Nationalstaats. Politiker sind alles andere als Moralisten – das wäre das Ende ihrer Berufskarriere. Sie sind berechnende Instrumentalisten der Moral. Ein geradezu klassisches Beispiel lieferten im Herbst 1995 die Bündnis 90/Grünen unter Führung von Fischer ab. Dieser hatte erkannt, daß es der Partei schwerfallen würde, sich in der Außenpolitik glaubwürdig zu profilieren, wenn Teile der Partei am Pazifismus als Direktive für jede Staatenkonkurrenz festhalten würden. So hat er – mit Erfolg, weil die Aussicht auf die Beteiligung an der Macht noch jeden Grünen einsichtig macht – den Versuch gestartet, innerparteilich das Verhältnis von (Außen-)Politik und (pazifistischer) Moral gerade zu rücken. Den dafür nötigen Kunstgriff hat er den etablierten Parteien abgeschaut: Kriegsbeteiligung, so heißt die neue Parteimoral, ist nicht etwa ein Gegensatz zu pazifistischen Bestrebungen, vielmehr ist der Frieden in dieser bösen Welt überhaupt nur mit Krieg herzustellen.

Politiker beherrschen also ziemlich »instinktiv« einen Dreischritt, der seinen Ausgang nimmt bei dem, was sie für und mit ihrem Land vorhaben. Als Kenner der Lage ihrer Bürger – immerhin haben sie zu dieser Lage maßgeblich beigetragen – wissen sie, welche Anforderungen sie mit ihren politischen Zielen stellen, und welche wenig erfreulichen Auswirkungen jede wirtschafts-, sozial- und ordnungspolitische Wende hat. Deswegen machen sie sich auch frühzeitig Gedanken über eine dazu passende *moralische* Wende. Gefragt ist jener Wertekanon, der die *aktuellen* politischen Anliegen in ein rosarotes Licht taucht, und der den nationalen Opfern dieser Politik Gründe an die Hand gibt, welche ihr Opfer als höchst verdienstvoll erscheinen lassen. Darunter fällt z.B. auch die moralische Umdeutung von Titeln nationaler Politik. Bekanntlich stand das »Soziale«, die »Solidarität« einmal für die Illusion, daß der (Sozial-)Staat keinen in Not geratenen Bürger im Stich läßt. Heute wird das »Soziale« für den umgekehrten Sachverhalt bemüht: Weil der Staat sich in einer Notlage sieht, müssen die Bürger mit Verzichtleistungen *ihm* »solidarisch« zur Seite stehen.

[8] Es muß erstaunen, mit welcher Naivität Wissenschaftler wie z.B. W. Heitmeyer nun schon seit einem Jahrzehnt diese *restriktive politische Absicht* als einen Befund über die *wirkliche Lage* bei der Gewährung von Bürgerrechten und beim Freiheitsgebrauch ansehen. An ihrer Lieblingsidee, daß zuviel Freiheit für das Individuum verantwortlich ist für »Gewaltbereitschaft« und »Orientierungslosigkeit«, halten sie zäh fest, auch wenn sie längst gemerkt haben müßten, daß sie nur zu einem taugt: als Material für die Politiker, die auch ganz ohne DFG-finanzierte Längs- und Querschnittuntersuchungen wissen, daß sie einfach noch zu wenig verboten, also *zuviel Freiheit* gelassen haben, wenn im Lande etwas Unerwünschtes passiert.

[9] Vgl. dazu: Das Kreuz des Staates, in: Gegenstandpunkt Heft 3/95, S. 105.

Anmerkungen zu Kapitel 3

[1] Vgl. dazu die Angaben im Literaturverzeichnis und meine Kritik an W. Heitmeyer.

[2] Vgl. Schäuble, Und der Zukunft zugewandt, S. 13ff., S. 45ff. und z.B. S. 43: »Wir (?) konnten demonstrieren, wir waren friedensbewegt – aber verantwortungslos.«

[3] Vgl. C. Leggewie oder die grüne Initiatorin einer interfraktionellen Bewegung zur neuen »Werterziehung«, B. Scheffler. Vgl. z.B. die Debatte in: Frankfurter Hefte 2/1994 und Anhang 2.

[4] Dieser Vorwurf, verstärkt durch die Selbstbezichtigung ehemaliger Linker, ist nicht nur deshalb grotesk, weil er von der Einbildung ausgeht, antiautoritäre Erziehung sei quasi flächendeckend in Familien und Schulen zum Einsatz gekommen. Hier wird zudem eine Katastrophe, die der Kongreß »Mut zur Erziehung« 1978 erfunden hat, als pädagogische Wirklichkeit ausgegeben. Man schlägt auf diese Weise gleich zwei Fliegen mit einer Klappe. Zum einen folgt aus dieser Denunziation, daß die Autorität alter Werte, einschließlich ihrer Verkörperungen, wieder hergestellt werden muß; zum anderen hat man ihr zu entnehmen, daß die

»Linken« damit doch wohl endgültig als pädagogische und sonstige Ratgeber ausgedient haben. Mit dem Konzept einer antiautoritären Erziehung, wie es 1968ff. entworfen und in einigen Kindergärten, Versuchsschulen und WGs – damals »Kommunen« genannt – zum Einsatz kam, hat diese Botschaft ohnehin nichts zu tun. Die Behauptung, wer antiautoritär erziehe, erziehe nur negativ zur Auflehnung gegen alles Vorgegebene, erziehe zur kritiklosen Ablehnung aller Werte und entlasse Kinder damit entweder in die Orientierungslosigkeit oder verführe sie zur puren Negativität im Denken und Tun (»Nihilismus«), ist Unfug und steht zudem in merkwürdigem Kontrast zu zeitgenössischen Kritiken. Dort hieß es z.B., unter dem – damals durchaus respektierten – Titel »antiautoritäre Erziehung« finde kommunistische Indoktrination statt. Antiautoritäre Kindergärten hätten sich, mit roten Fahnen bewaffnet, an Anti-Vietnamdemonstrationen beteiligt. In diesen Kindergärten werde Agitation für freie Liebe, für die Kommune als Lebensform, für Vergesellschaftsformen usw. betrieben. Die Behauptung, Kinder seien zur *inhaltslosen* Negation jeder gesellschaftlichen Vorgabe erzogen worden, ist jüngeren Datums. Sie paßt eben zum Befund, gewalttätige Kinder und Jugendliche zeichneten sich durch fehlende Orientierung und Werteverlust aus. Heute wird weniger umständlich jede unerwünschte Orientierung zur Orientierungslosigkeit erklärt.

[5] Es fällt schwer, Ausnahmen zu nennen, die den ideologischen Gehalt der Debatte wenigstens ansprechen. Zwar sagen etwa Mansel/Hurrelmann, es sei »nicht ausgeschlossen, daß mit der Diskussion um die ›Gewalt in der Schule‹ eine (politische) Strategie verfolgt wird«, lösen die »Dramatisierung« dann aber in eine »semantische Unbestimmtheit des Begriffes von Gewalt« auf (in: Spreiter (Hg.), S. 18f.). Und F. Hamburger überführt seine Analyse von »Steigerungsdiskursen« und »Generalisierungen« in »methodische Zweifel« an empirischen Untersuchungen. Sie münden in den Befund, daß der »Gewaltbegriff diffus« sei und sich die Pädagogik besser am »Begriff der ›Aggression‹ orientieren könne, in dem die Bedeutungsambivalenz von ›Aktivität‹ und ›Destruktivität‹ noch stärker enthalten« sei. (In: Schubert/Melzer (Hg.), S. 159ff.)

[6] Möller, in: Krafeld u.a., S. 32.

[7] Einer der wenigen Versuche, die inkriminierten Gewalt-Sachverhalte wenigstens ansatzweise einmal für sich zu betrachten und sie nicht von vornherein mit der Abstraktion ›Gewalt‹ zu erschlagen, findet sich bei Bründel/Hurrelmann ((1), S. 3). Der Versuch umfaßt allerdings nur *einen* (Einleitungs-)Absatz, der dann leider wie folgt resümiert wird: »Gewalt ist tief im Gewebe des sozialen Zusammenlebens verankert.«

[8] Vgl. Mansel/Hurrelmann, S. 19f.

[9] Ebenda.

[10] Ebenda. Den Autoren gerät da übrigens einiges in Unordnung: Wenn die Behauptung gelten soll, daß die Grenzen zwischen Gewalt und Nicht-Gewalt fließend sind, dann gibt es beide Sachverhalte für sich, dann haben beide eine »ontische Qualität«. Wie sollte sonst festgestellt werden können, daß die Grenzen zwischen beiden unklar sind. Daraus folgt deswegen auch nicht, daß die Gewalttä-

tigkeit Definitionssache ist. Dies gilt nicht einmal im »Grenzbereich«. Da wird doch wohl auch noch zwischen Wirkung und Absicht zu sortieren sein.

[11] Ebenda.

[12] Ebenda.

[13] Ebenda. Dieser aus pädagogischem Interesse geborene wissenschaftliche Voluntarismus wird gelegentlich ganz offen als Absicht ausgebreitet. Wissenschaftler reden so daher:«...legen wir den Gewaltbegriff etwas weiter/enger an, um uns ... nicht zu verbauen...« Wozu gibt es auch die Kunst des Definierens!

[14] Ebenda.

[15] Dies findet sich durchgängig bei allen zitierten Autoren.

[16] Freudianer wissen, daß der Meister den Kunstgriff angewandt hat, die Grenzen zwischen Liebes- und Todestrieb fließend anzulegen.

[17] Vgl. dazu Huisken (1), S. 97ff.

[18] Es kann folglich nicht verwundern, daß die Stimmigkeit der einzelnen Theorien zu wünschen übrig läßt und sich die regelmäßig komplett angerissenen Aggressionstheorien gegenseitig ausschließen bzw. widersprechen. Da wird die Aggressivität auf permissive *und* auf autoritäre Erziehung zurückgeführt. Da wird von den Gewaltdarstellungen im TV behauptet, sie regten zur Nachahmung an, und zugleich wird ihnen eine kathartische Funktion zugeschrieben. Auch Versuche, z.B. die Anlage- mit der Umwelttheorie zu versöhnen, verweisen nicht auf das Bedürfnis nach theoretischer Klarheit, sondern eher darauf, daß beide Konzepte nebeneinander ihre Bedeutung besitzen, da beiden eine von Fall zu Fall *brauchbare* Moral innewohnt: Wer Gewalttäter aus dem Verkehr ziehen will, dem kommt das Anlageargument gelegen. Und wer an der Jugend herumdoktern möchte, der weiß genau, daß Aggressivität z.B. durch Nachahmung gelernt wird, Produkt gesellschaftlich bedingter Frustration ist oder sonstwie durch »die Umwelt« zu Fehlreaktionen verleitet wird. Damit schließt sich der Kreis der theoretischen Willkür: Die Berechtigung eines jeden Ansatzes ergibt sich nicht aus seiner Stimmigkeit, sondern zunächst einmal nur aus seiner *Brauchbarkeit*. Das allein rechtfertigt letztlich seine Existenz. Damit sind solche Zugänge von vornherein exkommuniziert, die auf der Richtigkeit ihrer Aussagen bestehen und/oder Konsequenzen nahelegen, die ihrerseits gegen den gesellschaftlichen Anstand verstoßen. Bei ihnen handelt es sich dann nicht um Modelle, sondern um Dogmen, welche das Gesetz der »Multikausalität« brechen. Wo subjektive Willkür als geistiger Königsweg zur Erschließung »komplexer Sachverhalte« vorgeschrieben ist, wo mit dem Scheitern ganzer Disziplinen renommiert wird, wo die Absage an Objektivität als Reichtum einer Wissenschaft vorgestellt wird, da *muß* also auch gar nichts weiter geklärt werden. Den jeweiligen theoretischen Zugriff diktiert die gewählte Betrachtungsweise. Diese läßt sich von politischen Vorgaben leiten. Die Ausbreitung dieses unbefriedigenden Zustands der einschlägigen Aggressions-Theorien (vgl. das Spiegel-Zitat über das »unentwirrbare Knäuel«, 3/94, S. 88; im Text S. 68) gilt allerdings ihren Vertretern nicht als Bankrotterklärung geistiger Tätigkeit, sondern umgekehrt als *Chance*. Sie sehen in dem Theorieverhau eine dem komplexen Gegenstand überaus angemessene Erkenntnistätigkeit, für die es

sogar einen Namen gibt: »Modellbildung«. Zusammengefaßt ist darin das Urteil, daß sich ein und derselbe Sachverhalt je nach dem zur Anwendung gebrachten »Theoriemodell« anders begreifen lasse. Folglich ergibt sich die Angemessenheit der theoretischen Beschäftigung mit dem Thema »Jugendgewalt« aus der Anzahl vorgelegter und in den Pluralismus aufgenommener Ansätze. Je verworrener die Lage in der *Wissenschaft*, desto komplexer ihr *Gegenstand*; weswegen eben zu ihm auch eine prinzipiell »offene Modellbildung« paßt! Jede einzelne Theorie für sich ist zwar untauglich, weil sie zu kurz greift. Pluralistisch mit den anderen Ansätzen vermengt soll sie aber ihren Mangel verloren haben und auf ihrer jeweiligen »Erklärungsebene« etwas leisten können, ohne daß die Widersprüche zu den konkurrierenden Ansätzen stören. Wirklich begeisternd formulieren dies Bründel/Hurrelmann: *»Bei der Analyse gewalttätiger Handlungen wird deutlich, daß es nicht ›die‹ Bedingung als Ursache der Aggression gibt, sondern daß immer eine Reihe von Bedingungen ...«* die *Ursache* (!) sind. ((2), S. 273f.) Übrigens ist diese Gleichsetzung von Bedingungen mit Ursachen kein singulärer Lapsus, sondern ein gerade das Denken von empirischen Sozialforschern beherrschender Fehler, mit dem sie selbstbewußt hantieren. Weist man ihnen nach, daß von *Ursachen*ergründung nirgendwo die Rede sein kann, ziehen sie sich bescheiden auf den *Bedingungs*standpunkt zurück. Klärt man sie darüber auf, daß sie damit nichts erklärt haben, dann fängt man sich die sehr unbescheidene Replik ein, hier herrsche eben *Multikausalität* vor. Und schon ist unter der Hand und unter Anhäufung von Bedingungen aus der *conditio* eine *causa* geworden.

[19] Deren ganz eigene Gesetzmäßigkeiten sind für sie kein Thema. So steht etwa die Doppelverdienerfamilie nicht für das Standortanliegen deutscher Betriebe, den Lohn ihrer Arbeiter zu halbieren, sondern ist zerrüttet und deswegen Auslöser von Aggressivität. Und die Arbeitslosigkeit von jugendlichen Hauptschulabgängern verweist nicht etwa darauf, daß Betriebe auf dem von ihnen geschaffenen Arbeitsmarkt die große Auswahl haben und dabei einen an den Betrieb gewöhnten Facharbeiter dem ausgemusterten Hauptschüler vorziehen, sondern sie steht für die »Orientierungslosigkeit« der heutigen Jugend, die anfällig macht für Gewalt.

[20] Schwind/Baumann, S. 25. Wo *gesellschaftlich unerwünschte* Taten zu einer Eigenschaft der Menschen*natur* erklärt werden, da folgt das Gutachten einer rassistischen Logik.

[21] Der Spiegel 3/94, S. 88. Diese aggressionspsychologische Gemengelage landet treffsicher bei einer Fragestellung, die inzwischen ganze Generationen von Jugendbetreuern der einen oder anderen Ausprägung verwirrt. Sie fragen: Warum wird der eine Jugendliche so gewalttätig, der andere aber nicht? Es handelt sich dabei um eine theoretische Drangsal, die aus der Verwechslung zweier Anliegen resultiert. Das eine lautet: Was hat es mit den sich in der Schule häufenden Formen von Roheit auf sich? Es will das *Allgemeine* der benannten Phänomene erklären. Das andere will diese Frage nur gelten lassen, wenn sie das Allgemeine zugleich zurücknimmt: Warum, fragen sich Psychologen, beteiligt sich ein *bestimmtes* Kind an der Prügelei, ein anderes jedoch nicht?

Diese Frage ist das zwangsläufige Produkt der Verwandlung der jugendlichen Prügelei in eine Eigenschaft des Menschen. Sie teilt den Befund, daß sich hier eine Eigenschaft äußert, die in *jedem steckt*, und möchte nun wissen, warum sie *nicht* bei jedem zum *Vorschein* kommt. Diese Fragestellung läßt sich auch nicht psychologisch-immanent mit dem Hinweis abwimmeln, daß bei dem einen die Triebkontrolle funktioniere, bei dem anderen dagegen nicht. Sie bezieht vielmehr diese Antwort gleich mit ein und verlangt Aufschluß darüber, warum denn bei dem einen Jugendlichen die Triebkontrolle funktioniere, bei dem anderen dagegen nicht.... Und so fort!

Dabei geht es schon nicht mehr um die Klärung der inkriminierten Sachverhalte. Diese sind als Gewalt bzw. Aggression längst abgehakt. Es geht um die Frage der gesellschaftlichen und individuellen *Bedingungen* für *Gewalt-Anfälligkeit* von Jugendlichen. Wer den Sachverhalt in die Frage auflöst, warum sich der Mensch X an ihm beteiligt, der Mensch Y jedoch nicht, der steht zwangsläufig vor einem »unentwirrbaren Knäuel«, da er den zu untersuchenden Sachverhalt in ein »Knäuel« von Zufälligkeiten und besonderen Bedingungen aufgelöst hat, ihm also jegliche Allgemeinheit bestreitet. Die psychologisierenden Pädagogen, die in individual-diagnostischer Absicht zu Werke gehen, irren sich nicht nur darin, daß sie bewußtes Handeln als eine Art physiologischer Körperreaktion begreifen. Ihnen fehlt es obendrein gänzlich an jedem Wissen über den Sachverhalt selbst, für den angeblich eine Spezies von Jugendlichen mehr, die andere weniger anfällig sein soll.

Ein schönes Beispiel für diese Ausprägung der Anfälligkeitstheorie liefert K. Möller: Er wendet sich gegen die Behauptung, daß die *»›Motive, sich rechtsextrem zu orientieren, bei den Anfälligen(!) im wesentlichen dieselben sind‹. Diese Annahme kann einfach nicht stimmen, weil wir davon ausgehen können, daß die Motive aus den jeweiligen Lebenssituationen der Individuen erwachsen, diese aber durchaus unterschiedlich sind. Auf den Punkt gebracht: Der bayrische Bauer, der REPs wählt, tut dies nicht aus dem gleichen Grund wie der Werftarbeiter aus Bremerhaven, der der DVU seine Stimme gibt. Der 13-jährige Realschüler, der in Diepholz ›Türkentod‹ am Computer spielt, hat dafür andere Gründe als der 16-jährige Arbeitslose, der in Rostock-Lichtenhagen Mollies schmeißt«. (In: Möller, S. 16)* Und wie kommt K. Möller gerade auf diese vier Typen? Doch nur, weil sie – so individuell verschieden sie gestrickt sind – alle *dasselbe wollen*, weil ihm an ihnen ein Gleiches aufgefallen ist, das auf die Nichtzufälligkeit, also auf die Allgemeinheit der Phänomene verweist: »Ausländer raus!« Was der Inhalt und der gesellschaftliche Grund dieses Standpunkts ist, den die vier guten Deutschen teilen, interessiert Anfälligkeitstheoretiker jedoch wenig. Darum kommt aber niemand herum, der nun partout die Frage klären will, ob ein bestimmter Mensch zum Hooliganismus neigt oder das Zeug zum Crashkid hat. So wenig sich das, was Hooliganismus ist, aus der Biographie bestimmter Fans ableiten läßt, so albern ist es, einen sich häufenden Waffenbesitz von Schulkindern aus deren je besonderer Lebensgeschichte erklären zu wollen. Wenn sich diverse Kinder in Bayern und Friesland mit unterschiedlichster Biographie zu Fußballfangruppen oder zu Schulhofgangs zusammenschließen und Mitschüler sowie Lehrer tyrannisieren, dann teilen individuell und verschieden strukturierte, unterschiedlich aufgewachsene und betreute Jugendliche *dasselbe Interesse*, dann sind sie in ihrer »komplexen Individualität« in diesem Fall eben allesamt Personifikationen jener allgemeinen Einstellung, die aus einer Reihe falscher Urteile besteht. Folglich löst sich jede individuelle »Anfälligkeit« in die Allgemeinheit eben jener Urteile auf, von denen diese Jugendlichen auf ihre Weise überzeugt sein müssen. Die individuelle Lebensgeschichte kürzt sich damit heraus.

Die hartnäckigsten unter den Psychologen geben sich damit nicht geschlagen, sondern ziehen triumphierend die nächste – und zwar die letzte – Frage aus dem Ärmel: Und warum, fragen sie, leuchtet ihnen das Urteil ein? Psychologen geben damit ein weiteres Mal zu Protokoll, daß sie sich nicht vorstellen können, daß Menschen etwas tun, weil sie dabei Urteilen folgen, die ihnen einleuchten. Sie sind erst zufrieden, wenn auch noch die Zustimmung zu einem Urteil als das Produkt geheimer Seelenkräfte enttarnt worden ist, wenn sie jedes Resultat des Verstandes auf das *Triebleben* – angeboren und/oder erlernt! – zurückgeführt haben. Wohlgemerkt: So hartnäckig sind sie nur dann, wenn sie einem von ihnen inkriminierten Verhalten auf der Spur sind.

[22] Vgl. dazu z. B. Nolting (1), S. 98. Natürlich besonders Lorenz (»Das sogenannte Böse«), Eibel-Eibesfeld (»Naturgeschichte der menschlichen Unvernunft«), Haug-Schnabel und andere, die vor der »unmenschlichen Seite in uns« oder gar vor »dem Hitler in uns« warnen. (Vgl. G. Bunk, S. 329).

[23] Gratzer, S. 37. Diese Instanz ist nach derselben Fehlerlogik konstruiert wie die Aggressivität. Sie ist negativ zirkulär erschlossen.

[24] Dieses Begründungsmuster für Moral beherrschen alle theoretischen Moralisten und zwar unabhängig davon, welche Moral sie gerade für menschengemäß erklären. So erweist sich denn bei genauerer Betrachtung »der Mensch« als eine äußerst strapazierfähige Konstruktion. Mal ist ihm Mut und mal Demut gemäß, mal soll Individualität ein Wert sein, mal die Nation usw.

[25] Auch als *Überzeugungs*programm – das in diesen Konzepten allerdings gerade ausgeschlossen ist – stößt jede Moralerziehung an eine Grenze: Da sie für Tugenden nur *werben* kann, verfängt sie nur bei moralischen Menschen! Auch in der Schule fällt die Predigt von Werten nur auf fruchtbaren Boden, wo diese bereits vom »Schul-Leben« diktiert werden und keinen Widerspruch dulden.

[26] Vor allem aus Bründel/Hurrelmann, Gratzer, Korte, Preuschoff/Preuschoff.

[27] Um nicht mißverstanden zu werden: Daß bei einer Schlägerei nicht mit guten Worten oder richtigen Argumenten auf die Kinder und Jugendlichen eingeredet werden kann, sondern eingegriffen werden muß, versteht sich von selbst. Daß sich dabei in schweren Fällen Handgreiflichkeiten nicht vermeiden lassen, für die es Fachleute braucht, daß die Opfer versorgt und die Täter beruhigt werden müssen, sollte ebenfalls selbstverständlich sein. Handelt es sich hierbei doch um Interventionen, die unmittelbaren körperlichen Schaden von Heranwachsenden abwenden sollen. Erst danach würde sich die Frage stellen, inwieweit die Beteiligten zu einer Klärung der Auseinandersetzung bereit sind, wie es zu bewerkstelligen

ist, den beteiligten Schülern auch die *Fehler* ihres Urteilens und Tuns so begreiflich zu machen, daß sie sie korrigieren können. Doch geht es in den Rezepten um all das nicht – wie im Folgenden gezeigt wird.

[28] Spreiter (2), S. 62f.; s. a. S. 76.

[29] Korte (2), S. 44.

[30] Ebenda, S. 47.

[31] Nolting sieht das ähnlich, ohne allerdings daraus eine generelle Kritik der Aggressionstheorien zu verfertigen (Nolting (2), S. 191). Eine Kritik anderer Art präsentieren Bründel/Hurrelmann, die nicht den Fehler bemerken, sondern nur darauf verweisen, daß das Verfahren nichts nütze (vgl. Bründel/Hurrelmann (2), S. 277f.).

W. Heitmeyer ist übrigens eingefallen, »Wut«-Plätze in den Medien zu fordern, über die sich Jugendliche Gehör verschaffen können (vgl. FR, 28.09.1995). Dabei quillt das Fernsehen über von Talkshows am Nachmittag, in denen die Kids inzwischen wirklich alles »rauslassen«. Sollte Herrn Heitmeyer entgangen sein, daß es in solchen Sendungen nur darum geht, diese Kids der Fernsehöffentlichkeit als »verwöhnte«, »orientierungslose«, »aggressive«, »alleingelassene« Jugendliche vorzustellen, zu denen man sich dann lauter falsche Gedanken machen kann? Wie sollte es anders sein? Es handelt sich doch um die Bebilderung seiner Theorie!

[32] Der Begriff stammt von Watzlawick; nach Preuschoff/Preuschoff (1), S. 145.

[33] Gratzer, S. 113.

[34] Gratzer, S. 104.

[35] Über diese Logik sind Pädagogen auch auf die Idee gekommen, das passive Wahlrecht für Kinder einzuführen. Die Begründung von Hurrelmann, Krüger u. a.: »Wenn Kinder spüren, daß sie wichtig sind, steigt ihr Selbstbewußtsein, ihr Selbstwertgefühl und ihr Gemeinschaftssinn.« (Th. Krüger, in: FR, 18.9.1995) Es wäre zu wünschen, daß Kinder diese Heuchelei durchschauen. Sie sollen nämlich wählen dürfen, weil sie, unwichtig wie sie hierzulande als Kinder noch sind, etwas aus der Rolle fallen und ihr Bedürfnis nach Selbstwertbeweisen wenig integrativ äußern. Es wäre überdies zu wünschen, daß sie die in diesem ausgesprochen hübschen Vorschlag unfreiwillig ausgeplauderten Wahrheiten über die Wahlen in der Demokratie durchschauen. Wahrheit Nr. 1: An den Wahlen beteiligt sich nur derjenige, der es für seine Sache hält, diesem Gemeinwesen eine gute politische Führung zu geben, die der kapitalistischen Ökonomie zum Erfolg in der Weltmarktkonkurrenz verhilft, der sich also in der Demokratie gut aufgehoben fühlt, mithin integriert ist. Als hätte er etwas von der Demokratie begriffen, gibt denn auch H. v. Hentig – der das Anliegen nicht angreift, sondern es für einen »guten Zweck« hält –, zu bedenken, daß diese »im Prinzip richtige Figur ... die gleichzeitig allenthalben diagnostizierte Politikverdrossenheit« vergißt (FR, 18.09.1995). Also: Wären die Bürger so integriert, wie es sich die Politiker und H. v. Hentig wünschen, dann wäre »die Figur« richtig. Dumm ist nur: Dann wäre sie aber auch *unnötig*. Wegen der Politikverdrossenheit der *Erwachsenen* hält er den Vorschlag für ein *Kinderwahlrecht* für unpraktikabel. Das löst sich schnell auf. Denn er erklärt diese Verdrossenheit damit, »daß der einzelne Bürger von

seiner Bürgerpflicht hoffnungslos überfordert ist: mit der Verantwortung für das Ganze, die er durch die Wahl der Abgeordneten übernimmt«. Und wenn das schon dem mündigen Bürger so geht, wie mag es erst dem unmündigen Jugendlichen gehen, der vielleicht »mit hochfliegenden ökologischen Plänen in den Treibsand der Brüsseler Verordnungen gerät« und der Politik endgültig frustiert den Rücken kehrt. Wahrheit Nr. 2 über Wahlen heißt also: Die Mündigkeit des Wahlbürgers besteht darin, die Wahl nicht als Instrument für eigene Pläne – die sind immer »hochfliegend« – mißzuverstehen, sondern sie in ihrer staatspolitisch zugelassenen Form bei den Parteien aufzufinden und anzukreuzen.

[36] Gratzer, S. 105.

[37] Ebenda.

[38] Korte (2), S. 64ff.

[39] Korte (2), S. 61; nach Nolting (2).

[40] Ebenda.

[41] Zur Kritik des Behaviorismus vgl. Huisken (1), S. 132ff.

[42] Korte (2), S. 59ff.

[43] Korte (2), S. 61.

[44] Dabei bietet das Schulrecht dem Lehrer nicht nur einen veritablen Katalog von Strafen an (vgl. R. Gutte, S. 63ff.). Es verlangt auch ihre Anwendung und wirft Lehrern Disziplinarverstöße vor, die sich nicht darum scheren. Es ist und bleibt eben diese Rücksichtslosigkeit gegenüber dem Schülerwillen notwendiges Durchsetzungsinstrument einer Einrichtung, die auf den Willen von Schülern setzt, damit sie ihren *abweichenden* Willen selbst korrigieren.

[45] Korte (2), S. 68.

[46] Bründel/Hurrelmann (2), S. 303.

[47] Mit Toleranztraining für Polizeibeamte soll ja ohnehin ab 1996 begonnen werden, damit die Polizisten, die bekanntlich auch nur Menschen sind, den verhetzten Staatsbürger in sich besser kontrollieren, wenn sie Ausländer verhaften, einsperren und abschieben.

[48] Daß all dies *praktiziert* wird, soll gar nicht bestritten werden. Daß sich Lehrer, die auf diese Weise »etwas tun«, Rechenschaft darüber ablegen, was diese Rezepte gegen Schülergewalt leisten, muß dagegen angezweifelt werden.

[49] Korte (2), S. 30f.

[50] Gratzer, S. 108. Es sei daran erinnert, daß bereits in den 70er Jahren unter diesem Titel eine von der Theorie der Gruppendynamik her bestimmte pädagogische Debatte gelaufen ist. Nach Ruth Cohn u. a. sollten z. B. »Störungen und leidenschaftliche Gefühle den Vorrang« vor dem Lernen oder vor anderen Gruppenaktivitäten haben. Allerdings ging es damals um andere »Störungen«. Thematisiert wurden Ängste, Verklemmungen, Gruppenspannungen, also atmosphärische Störungen, die ohnehin nur der Psychotherapeut entdeckt. Cohn oder Watzlawick zufolge würden sie jede echte Gruppentherapie behindern. Wie weit die damalige Debatte von der heutigen entfernt ist, zeigt der folgende Befund: Auch jene Klassenzimmersituation, in der die Schüler brav den Anweisungen des Lehrers folgen, die also das unerreichbare Ideal heutiger Unterweisung ist, galt danach

als durch massive Störungen bestimmt. Die Diagnose der Gruppendynamiker: Hier werden Frustrationen, Apathien und Gefühle eindeutig unterdrückt.

[51] Vgl. neben vielen anderen, die diesen modischen Begriff benutzen, Spreiter, S. 62ff. Daß er nach 1945 von den Manifestanten von »Mut zur Erziehung« wieder in die Debatte eingeführt worden ist (vgl. z.B. Tenbruck, in: Mut zur Erziehung, S. 70), daß diese ihn der faschistischen Pädagogik entlehnt haben – bei Hitler hieß das »übergebildet« bzw. »intellektualisiert« –, scheint nicht zu stören. Sein Gehalt und seine Botschaft sind eindeutig. Auch Heitmeyer scheint sich dieser Botschaft angeschlossen zu haben. Wenigstens resümiert »Der Spiegel« einen Bericht über seine neueste Studie mit dem Satz: »Viel Stoff im Kopf hält die Schlägerhand offenbar nicht zurück.« (Der Spiegel 2/1996, S. 105) Um *welchen* Stoff es sich dabei handelt, ist wieder einmal völlig gleichgültig.

[52] Daß dies nicht zutrifft, ist dem Durchgang durch die Unterrichtsfächer in Huisken (2), Weder für die Schule..., S. 131ff. zu entnehmen.

[53] Spreiter, S. 69; Spreiter »belegt« diese »Degradierung« mit einem Beispiel aus dem Mathematik-Unterricht, in dem ein Lehrer einen Schüler, der gerade die Scheidung der Eltern zu verkraften hat, erheblich schikaniert. Als Beispiel für »Lehrergewalt« mag der Fall durchgehen. Für »Verkopfung«, also für ein Zuviel an Verstandestätigkeit, sicherlich nicht. Eher für ein Defizit an Kopftätigkeit.

[54] Um es am Beispiel zu zeigen: So stellt eben das Riechen von Benzin bei gleichzeitigem Wahrnehmen eines Feuerscheins nur für denjenigen ein Gefahrensignal dar, der um die explosive Wirkung von brennendem Benzin *weiß*.

[55] Vgl. dazu z. B. die moderne Konstruktivismusdebatte mit Watzlawick und den Autoren der von S. J. Schmidt bei Suhrkamp verlegten Reihe.

[56] Übrigens treffen sich inzwischen linke und rechte Schulkritiker in diesem Befund. Bei den einen lebt er von der Verwechslung des Denkens mit bestimmten Denkresultaten, die als Mittel für Gewalttätigkeiten eingesetzt werden. Da wird dem Denken z.B. angelastet, daß Naturwissenschaft die theoretische Grundlage der Bombe geliefert hat. Bei den anderen lebt der Befund von der Skepsis, der freie Gedanke könne sich kritisch zu jedem verordneten Denken verhalten, weswegen er eigentlich verboten gehört. Daß sich diese rechte Variante des Verkopfungsbefundes im Prinzip gerade gegen linke (Staats-)Kritik richtet, hält die moderne Linke nicht davon ab, das Urteil über die Gewalttätigkeit des Denkens zu teilen.

[57] Wenn etwa Hurrelmann schreibt, eine »demokratische Erziehung« gehe davon aus, daß »alle Gruppen Gesetze, Regeln, Vorschriften, Leitlinien und Handlungsmodelle brauchen, wenn sie funktionieren wollen«, und daß »Verwirrung, Chaos und Konflikte die Folge sind,« wenn solche Regeln nicht existieren, dann plädiert er in der sicheren Gewißheit für Regeln im Allgemeinen, daß jedermann sie sich in die hierzulande gültigen Regeln übersetzt. (Hurrelmann, S. 17).

[58] Relativieren darf sich die Moral immer nur »historisch«. Doch gilt dies deswegen nicht als Relativierung, weil bekanntlich »die Geschichte« das einzige Subjekt ist, das nicht in den Verdacht gerät, Moral für niedrige Zwecke zu instrumentalisieren. So erfordert auf der einen Seite »die heutige Zeit« eine kritisch-restriktive Neuauslegung von »Mündigkeit«, wohingegen auf der anderen

Seite ein Hitler mit dem Wert »Opferbereitschaft« Schindluder getrieben hat. Warum? Wer so fragt, der belegt bereits seine unmoralische Einstellung! Und dennoch versuchen Wissenschaftler auch dies noch mit Rückgriffen auf die Ethik zu begründen: »Die Herauslösung traditioneller Werte wie Gehorsam, Pflichterfüllung, Opferbereitschaft und Treue aus einem größeren Wertzusammenhang (!) erlaubte dem Nationalsozialismus ...« (A. Hillgruber, S. 242). Aus welchem *noch* größeren Wertzusammenhang der *größere* Wertezusammenhang seine Legitimation erhält, darf man angesichts dieser zirkulären Argumentation nicht fragen. Immer löst sich dieser Zirkel in irgendeinen Wert auf, der dann garantiert nicht mehr hinterfragt werden darf.

[59] Tun sie es nicht, dann wird der Bürger kritisch und reagiert schon einmal mit ›Politikverdrossenheit‹. Die stellt in mehrfacher Hinsicht eine trostlose Schelte dar: Erstens, weil sie die Moral – vom Verzicht über die Leistungsgerechtigkeit bis hin zum sauberen Deutschland – nicht kritisiert, sondern einklagt; zweitens, weil sie sich zum Instrument der Radikalisierung dieser Maßstäbe macht, und drittens, weil sie in der Enttäuschung über die angebliche Doppelmoral von »denen da oben« zugleich die Berechtigung anerkennt, daß für eine ordentliche Herrschaft andere Maßstäbe zu gelten haben als für das einfache Volk.

[60] W. Brezinka (2), S. 54.

[61] W. Brezinka (2), S. 50; vgl. dazu W. Heitmeyer (2), S. 4: *»Je mehr Freiheit, desto weniger Gleichheit; je weniger Gleichheit, desto mehr Konkurrenz; je mehr Konkurrenz, desto weniger Solidarität; je weniger Solidarität, desto mehr Vereinzelung; je mehr Vereinzelung, desto weniger soziale Einbindung; je weniger soziale Einbindung, desto mehr rücksichtslose Durchsetzung.«* Also: Je mehr Freiheit, desto mehr rücksichtslose Durchsetzung!

[62] Cohn-Bendit, in: FR, 31.12.1993. Vgl. auch Eisenberg/Gronemeyer, S. 129.

[63] Vgl. etwa W. Brezinka (1) und (2) und H. Lang.

[64] Vgl. Huisken (1), S. 66f.

[65] Alle diese Werte sind Texten der Debatte entnommen. Vgl. auch die beiden Manifeste im Anhang.

[66] Schäuble, S. 47.

Literatur

Beck, U./Beck-Gernsheim, E. (Hg.), Riskante Freiheiten, Frankfurt a. M. 1994

Brezinka, W. (1), Erziehung in einer wertunsicheren Gesellschaft, München/ Basel 1993

Brezinka, W. (2), ›Werte-Erziehung‹ in einer wertunsicheren Gesellschaft, in: Pädagogische Rundschau Heft 48/1994

Bründel, H./Hurrelmann, K. (1), Zunehmende Gewaltbereitschaft bei Kindern und Jugendlichen, in: Aus Politik und Zeitgeschichte B 38/94

Bründel, H./Hurrelmann, K. (2), Gewalt macht Schule, Köln 1994

Bunk, G.P., Vom Bankrott der Erziehung, in: Pädagogische Rundschau 49/ 1995

Cohn, R.C., Zur Grundlage des themenzentrierten Interaktionellen Systems, in: Gruppendynamik 3/1974

Die Neue Gesellschaft. Frankfurter Hefte Heft 2/1994

Diop, I., Über den Zusammenhang von Schulgewalt und Schule. Eine Untersuchung vorliegender Theorien, Manuskript (Schriftliche Hausarbeit für die erste Lehramtsstaatsprüfung), Bremen 1995

Eisenberg, G./Gronemeyer, R., Jugend und Gewalt, Reinbek 1993

Gegenstandpunkt (diverse Nummern)

Gratzer, W., Mit Aggressionen umgehen, Braunschweig 1993

Grauer, G./Zinnecker, J., Über unterschlagene und dramatisierte Seiten des Schülerlebens, in: Reinert, U./Zinnecker, J. (Hg.), Schüler im Schulbetrieb, Reinbek 1978

Gutte, R., Lehrer – Ein Beruf auf dem Prüfstand, Reinbek 1994

Held, K. (Red.), Zur Psychologie des bürgerlichen Individuums, München 1981

Heitmeyer, W. (Hg.) (1), Das Gewaltdilemma, Frankfurt a. M. 1994

Heitmeyer, W. (2), Gesellschaftliche Desintegrationsprozesse als Ursachen fremdenfeindlicher Gewalt und politischer Paralysierung, in: Aus Politik und Zeitgeschichte B 2-3/1993

Hillgruber, A., Großmachtpolitik und Militarismus im 20. Jahrhundert, Düsseldorf 1974

Huisken, F. (1), Die Wissenschaft von der Erziehung, Kritik der Erziehung Teil 1, Hamburg 1991
Huisken, F. (2), Weder für die Schule noch fürs Leben, Kritik der Erziehung Teil 2, Hamburg 1992
Huisken, F. (3), Nichts als Nationalismus, Hamburg 1993
Huisken, F. (4), Zur Kritik von W. Heitmeyers Rechtsextremismustheorie, in: deutsche jugend 11/1993
Hurrelmann, K., Mut zur demokratischen Erziehung, in: Pädagogik Heft 7-8/1994
Korte, J. (1), Faustrecht auf dem Schulhof, Weinheim 1993
Korte, J. (2), Lernziel Friedfertigkeit, Weinheim 1994
Lang, H., Verwöhnung als Saat der Gewalt, in: Pädagogische Welt 4/1994
Mansel, J./Hurrelmann, K., Gewalt in der Schule, in: Spreiter, S. 11ff
Möller, K., Jugendarbeit und Rechtsextremismus, in: Krafeld, F.-J., Möller, K., Müller, A., Jugendarbeit in rechten Szenen, Bremen 1993
Mut zur Erziehung. Beiträge zu einem Forum am 9./10.1.1978, Stuttgart 1978
Neue Sammlung Heft 2/1995
Nolting, H. P. (1), Lernfall Aggression, Reinbek 1983
Nolting, H. P. (2), Lernschritte zur Gewaltlosigkeit, Reinbek 1984
Otto, H.-U./Merten, R. (Hg.), Rechtsradikale Gewalt im vereinigten Deutschland, Bonn 1993
Papesch, W., Schule und Gewalt, in: Die Deutsche Schule 1/1994
Preuschoff, G./Preuschoff, A. (1), Gewalt an Schulen, Köln 1992
Preuschoff, G./Preuschoff, A. (2), Wir können etwas tun! Köln 1994
Schäuble, W., Und der Zukunft zugewandt, Berlin 1994
Scherr, A., Gewalt als Problem, Pädagogik als Lösung, in: Pädagogik 3/1994
Schubart, W./Melzer, W. (Hg.), Schule, Gewalt und Rechtsextremismus, Opladen 1993
Schwind, H.-D./Baumann, J. u.a. (Hg.), Ursachen, Prävention und Kontrolle von Gewalt (Endgutachten der Gewaltkommission), Bochum 1989
Spreiter, M. (Hg.), Waffenstillstand im Klassenzimmer, Weinheim 1993
Watzlawick, P./Beavin, J. H./Jackson, D. D., Menschliche Kommunikation, Bern 1974

Anhang

Anhang 1:

Erklärung

Herausgegeben vom Vorbereitenden Kreis
(Hermann Lübbe, Robert Spaemann, Hans Bausch,
Golo Mann, Wilhelm Hahn, Nikolaus Lobkowicz)

1. Wir wenden uns gegen den Irrtum, die Mündigkeit, zu der die Schule erziehen soll, läge im Ideal einer Zukunftsgesellschaft vollkommener Befreiung aus allen herkunftsbedingten Lebensverhältnissen. – In Wahrheit ist die Mündigkeit, die die Schule unter jeweils gegebenen Herkunftsverhältnissen einzig fördern kann, die Mündigkeit derer, die der Autorität des Lehrers schließlich entwachsen sind. Denn wenn die Schule die Mündigkeit einer Zukunftsmenschheit zum pädagogischen Ideal erhöbe, erklärte sie uns über unsere ganze Lebenszeit bis in die Zukunft hinein zu Unmündigen.

2. Wir wenden uns gegen den Irrtum, die Schule könne Kinder lehren, glücklich zu werden, indem sie sie ermuntert, »Glücksansprüche« zu stellen. – In Wahrheit hintertreibt die Schule damit das Glück der Kinder und neurotisiert sie. Denn Glück folgt nicht aus der Befriedigung von Ansprüchen, sondern stellt im Tun des Rechten sich ein.

3. Wir wenden uns gegen den Irrtum, die Tugenden des Fleißes, der Disziplin und der Ordnung seien pädagogisch obsolet geworden, weil sie sich als politisch mißbrauchbar erwiesen haben. – In Wahrheit sind diese Tugenden unter allen politischen Umständen nötig. Denn ihre Nötigkeit ist nicht systemspezifisch, sondern human begründet.

4. Wir wenden uns gegen den Irrtum, die Schule könne Kinder »kritikfähig« machen, indem sie sie dazu erzieht, keine Vorgegebenheiten unbefragt gelten zu lassen. – In Wahrheit treibt die Schule damit die Kinder in die Arme derer, die als ideologische Besserwisser absolute Ansprüche erheben. Denn zum kritischen Widerstand und zur Skepsis gegenüber solchen Verführern ist nur fähig, wer sich durch seine Erziehung mit Vorgegebenheiten in Übereinstimmung befindet.

5. Wir wenden uns gegen den Irrtum, die Schule hätte die Kinder anzuleiten, »ihre Interessen wahrzunehmen«. – In Wahrheit gibt die Schule damit die Kinder in die Hand derer, die diese Interessen nach ihren eigenen politischen Interessen auszulegen wissen. Denn bevor man eigene Interessen wahrnehmen kann, muß man in die Lebensverhältnisse eingeführt sein, in denen eigene Interessen erst sich bilden.

6. Wir wenden uns gegen den Irrtum, mit der Gleichheit der Bildungschancen fördere man die Gleichheit derer, die sich in Wahrnehmung dieser Chancen bilden wollen. – In Wahrheit setzt Chancengleichheit stets ungleich verteilte Möglichkeiten ihrer Nutzung frei, und diese Ungleichheit, die sich als Folge realisierter Chancengleichheit erst herstellt, bedarf politischer und moralischer Anerkennung. Denn ohne diese Anerkennung zerstört Chancengleichheit die bürgerliche und menschliche Solidarität derer, denen sie zugute kommen sollte.

7. Wir wenden uns gegen den Irrtum, man könne über die Schule Reformen einleiten, die die Gesellschaft über ihre politischen Institutionen nicht selber einleiten will. – In Wahrheit isoliert man damit die Schule und ihre Schüler gegenüber der Gesellschaft. Denn keine Gesellschaft kann eine Schule als ihre eigene Schule anerkennen, die ihre Schüler eine ganz andere Gesellschaft als ihre eigene anzusehen lehrt.

8. Wir wenden uns gegen den Irrtum, die Verwissenschaftlichung des Unterrichts sei die erzieherische Antwort auf die Herausforderung unserer wissenschaftlichen Zivilisation. – In Wahrheit erschwert man auf diese Weise die Erziehung zur Fähigkeit, sich in der wissenschaftlichen Zivilisation an Gegebenheiten und Maßstäben zu orientieren, die eigener Erfahrung zugänglich sind. Denn selbst noch das spätere Erlernen einer Wissenschaft setzt Kompetenzen voraus, die sich schulisch nicht auf dem Wege der Rezeption wissenschaftlicher Informationen erwerben lassen.

9. Wir wenden uns gegen den Irrtum, optimale Erziehung sei maximal professionalisierte und institutionalisierte Erziehung. – In Wahrheit ist Erziehung in keiner Kultur primär ein Vorgang aus Berufstätigkeit. Denn unsere Schulen können ihren besonderen Beitrag zur Erziehung unserer Kinder nur leisten, sofern auch in ihnen dieselben kulturellen Selbstverständlichkeiten gelten, in deren Anerkennung wir alle vor und außerhalb der Schule stets schon erzogen sind.

(aus: Mut zur Erziehung, Stuttgart 1978)

Anhang 2:

Werteinitiative '93
Werte-Erziehung im Geiste der Aufklärung ist Grundlage unserer Demokratie

Wir wollen eine andere Werte-Debatte!

Die derzeitige öffentliche Debatte um Werte-Erziehung wird falsch geführt, denn Bekenntnisse ersetzen eine rationale Auseinandersetzung.

Die einen instrumentalisieren die Diskussion und lenken ab von politischen Themen, suchen Sündenböcke und weisen Schuld zu. – Die anderen schließen aus, daß das Gutgemeinte auch zu Fehlentwicklungen geführt habe und tabuisieren das Thema aus vermeintlicher moralischer Überlegenheit. Um Begriffe wie Autorität, Leistung, Heimat wird regelrecht gekämpft. Die einen besetzen sie in ihrem Interesse, die anderen lehnen aus diesem Grund auch die Inhalte für sich ab.

So entstehen falsche Gegensätze, die Denkblockaden errichten. Defizite und Mängel auf beiden Seiten werden vielleicht erkannt, aber aus Sorge um falsche Vereinnahmung nicht ausgesprochen, und dies in einer Situation, in der gesellschaftliche Desintegration zunimmt, aber Orientierung gefordert ist.

Eine Verständigung über »Grundwerte« ist unverzichtbar!

Dabei geht es im Kern um das »geistige Band«, das unsere Gesellschaft als demokratische und soziale zusammenhält. Viel zu oft werden falsche Gegensätze aufgebaut:

Selbstbestimmung und Selbstbeschränkung gehören zusammen, Verantwortung für sich und für andere ist nicht teilbar, und Individualität, die nicht in Egoismus entarten will, bedarf des Gemeinsinns und der gesellschaftlichen Verständigung. Diese wiederum kann zu demokratischer Identität nur verhelfen, wenn sie Individualität fördert und auf der freien Entscheidung der Individuen beruht.

Der gesellschaftliche Wert der Solidarität darf weder durch Mißbrauchsdebatten noch durch Anspruchsdenken diskrediert werden. Manchmal wurde und wird Offenheit mit Standpunktlosigkeit verwechselt, Freiheit mit Bindungslosigkeit, Toleranz mit Beliebigkeit.

Die früher vorherrschende Auffassung war, daß nur diejenigen Rechte haben, die auch Pflichten erfüllten. Das ist der falsche Ansatz: Wir haben Rechte und nehmen sie in Anspruch, deshalb müssen wir uns (und allen anderen) auch Pflichten auferlegen. Dies gilt sowohl für uns als einzelne, aber auch für Familien, gesellschaftliche Gruppen und auch in der Schule.

Pädagogisches Handeln muß sich von den Ideen der Aufklärung leiten lassen!

Erziehung und Bildung sind immer wertgebunden. Wir halten am Ziel der Mündigkeit fest. Dies macht es entgegen manchem Vorurteil erforderlich, Werte und Bindungen nicht als Angebot eines Supermarkts zu begreifen, sondern sie in einem mühseligen Prozeß immer wieder gemeinsam zu definieren, zu akzeptieren und sie uns anzueignen. Kinder, Jugendliche und erst recht Erwachsene müssen urteils-, konflikt- und konsenfähig sein.

Eigene Interessen formulieren, die Interessen anderer berücksichtigen und einen Interessenausgleich herbeiführen zu können, d.h. Konflikte ertragen und Kompromisse finden zu können, sind Grundfähigkeiten in einer auf Partizipation und Autonomie ausgerichteten Demokratie. Selbst-Bestimmung ist eine Voraussetzung für Mit-Bestimmung.

Selbstwertstärkung kann vielfach Selbstverteidigung ersetzen. Gerade in Erwägung historischer Erfahrungen in Deutschland wenden wir uns gegen jede Erziehung zum Untertanen und lehnen einen Rückgriff auf autoritäre Erziehungsmuster ab, die Unterordnung an die Stelle von Aufklärung setzen und so die Entwicklung von Ich-Stärke verhindern. Nur Menschen mit Ich-Stärke und Selbst-Bewußtsein können auch mit Fremden, mit Konkurrenz und Streß gelassen und ohne Angst umgehen. Perspektivübernahme muß geübt werden.

Erwachsene müssen Werte vorleben und erfahrbar machen!

Erwachsenen kommt große Verantwortung zu. Ihr Verhalten gegenüber Kindern ist ganz entscheidend dafür, ob Erziehung gelingt und Kinder Selbstvertrauen entwickeln können. Sie müssen sich Kindern liebevoll zuwenden, Zeit für sie haben, Zuversichtlichkeit und eine optimistische Zukunftsperspektive vermitteln. Sie müssen aber auch bereit sein, Grenzen zu ziehen und sich auf Konflikte mit den Kindern einzulassen, dabei aber Argumente liefern, Position beziehen und begründen, Gelassenheit, aber nicht Beliebigkeit vermitteln, Regeln und Rituale einüben. Regelverletzungen müssen Folgen haben, damit Regeln auch eingeübt und akzeptiert werden.

Wer keine Orientierung bietet, vernachlässigt Kinder. Er/Sie flieht aus der Verantwortung als Erziehende/r und delegiert die eigene Verantwortung an diejenigen, die sie noch nicht übernehmen können. Auf laissez-faire und Verzicht auf Erziehung mögen sich manche Erwachsene zurückziehen: Ich-Stärke kann so nicht aufgebaut, Identität nicht entwickelt werden.

Erziehung findet nur Akzeptanz, wenn Erwachsene das leben, was sie von Kindern und Jugendlichen erwarten. Werte zu predigen, ohne sie zur eigenen Richtschnur zu machen, verhindert deren Annahme.

Darum eine andere Debatte...

Wir halten eine neue Werte-Debatte für gesellschaftlich notwendig. Ein Denken in Schubladen und ideologischen Lagern verhindert eine konstruktive Diskussion, die dem Problem wirklich gerecht wird. Selbstgerechtigkeit ist wenig hilfreich und führt nur zur eigenen Abschottung. Es muß in Zukunft darum gehen, die Polarisierung des Denkens zu überwinden und aus einer Praxis der Beliebigkeit zur Entwicklung tragfähiger Konzepte zu gelangen. Kinder und Jugendliche erwarten nicht Einheitlichkeit, aber Verläßlichkeit und einen Konsens, der Verschiedenheit ermöglicht. Hierfür wollen wir uns einsetzen.

im November 1993

Zu den Erstunterzeichnern gehören u.a.: K. Adam, H. Bohm, G. Born, D. Cohn-Bendit, K. Dörner, J. Habermas, H. Hoffmann, K. Hurrelmann, G. Jauch, W. Klafki, J. Lott, M. Mitscherlich-Nielsen, R. Mohn, H. Mommsen, G. Otto, G. Pausewang, U. Preuss-Lausitz, W. Schlaffke, F. Schorlemmer, W. Schreiber, K. Singer, R. Süßmuth, U. Wehler, R. Winkel.

(Publiziert in zahlreichen Zeitschriften)